## Lilian Bathelot

Professeur de philosophie, champion de tir, spécialiste d'escalade et de golf, Lilian Bathelot est l'auteur d'une quinzaine de romans qui naviguent entre littérature (éditions J'ai lu, Métailié, Albin Michel, Climats, La Manufacture de livres) et littérature jeunesse (Gulf Stream, Le Navire en pleine ville). Réalisateur de documentaires, il écrit aussi pour le cinéma, la radio (Radio France production) et le théâtre.

# C'EST L'INUIT QUI GARDERA LE SOUVENIR DU BLANC

IMAGINAIRE

*Collection dirigée par Charlotte Volper*

LILIAN BATHELOT

# C'EST L'INUIT QUI GARDERA LE SOUVENIR DU BLANC

POCKET

MIXTE
Papier issu de sources responsables
FSC® C003309

Pocket, une marque d'Univers Poche,
est un éditeur qui s'engage pour la préservation
de l'environnement et qui utilise du papier fabriqué
à partir de bois provenant de forêts gérées
de manière responsable.



ISBN : 978-2-266-30745-1
ISSN : 2497-7284
Dépôt légal : novembre 2020

# Chapitre I

*Mai 2089*

*Kalaallit Nunaat (République inuite indépendante)*
*Territoire de la localité de Qeqertaq*
*Secteur de la Combe de l'Inuksuk, à la limite de l'inlandsis*

La lame du ulu dérapait sur les os, tranchait moins nettement dans les chairs. Kisimiipunga essuya la sueur de son front d'un revers fiévreux avant de plonger une nouvelle fois son couteau à l'intérieur de la cuisse du caribou. Elle fit jouer l'acier dans les muscles, cherchant à sectionner le tendon qui ouvrirait le passage vers l'articulation du bassin. Mais il y avait trop de fébrilité dans son geste, le ulu ripa sur un os avec un bruit de raclement désagréable et la lourde lame s'anima d'une énergie surprenante. Emporté par l'élan, le tranchant courbe vint frapper sa main gauche qui maintenait les chairs ouvertes. Kisimii sentit que sa moufle de cuir avait été entamée. L'acier avait pénétré son pouce.

D'un geste vif, elle arracha la moufle, porta son doigt à sa bouche et aspira son sang. Puis elle inspecta la coupure de la pointe de sa langue. L'os n'avait pas été touché. En revanche, cela saignait beaucoup. Elle hésita un instant à interrompre sa besogne pour se soigner, jeta un regard sur son traîneau resté au loin, à la limite de la neige franche.

Il aurait été prudent d'aller chercher la trousse d'urgence et de pulvériser sur la blessure un nuage d'Homéosmagic qui aurait refermé la blessure en quelques minutes. Mais le temps manquait. Bientôt, l'odeur de la viande deviendrait plus forte et les loups seraient attirés.

Le regard de Kisimii tomba sur son autre main. La lame en demi-lune dansait au bout du manche qu'elle tenait dans sa paume. La fatigue vibrait dans ses muscles. La fatigue des jours et des nuits de traque, sans sommeil. La fatigue des efforts du dépeçage du grand caribou. Elle aurait dû se reposer plus tôt. Mais dès le moment où elle avait retiré le ulu de son étui en cuir de phoque, le temps avait disparu, la laissant dans une espèce de bulle sanglante à l'odeur âcre. Le monde s'était concentré sur le travail de l'épaisse lame, sur les gestes exigeants du dépeçage dc l'animal. Maintenant, l'énergie lui manquait. Le temps manquait, lui aussi, terriblement.

Le temps…

Elle jeta un regard vers le ciel d'un bleu uniforme, estimant la position du soleil. Plus d'une heure qu'elle n'avait pas levé le nez de sa besogne.

À ce moment, l'éclat métallique d'un Tubørg traversa le ciel en quelques secondes. Elle perdit le fil de ses pensées. La brillance du jet avait aiguillé son esprit sur Knud.

Knud…

À cette heure-là, il devait travailler dans les eaux du parc aux narvals, debout sur sa barge étincelant du même éclat que celui qu'avait décoché ce Tubørg.

Un sourire se dessina sur le visage de la jeune fille. Une lueur tiède traversa ses yeux sombres. Depuis qu'ils s'étaient rencontrés à Copenhague, une autre vie avait commencé pour elle. Immédiatement, ils s'étaient liés. Maintenant, elle n'était plus seule. Pour la première fois depuis la disparition de son père.

Le jeune Danois n'avait pas hésité à la suivre au Groenland, car il n'avait plus d'attache dans la zone franche de Copenhague. Et en moins de deux ans, il avait été adopté par tout le village. On lui avait confié la mission de s'occuper du parc d'élevage de narvals, si vital pour la petite communauté. Vraiment, Knud sortait de l'ordinaire. C'était un vrai Inuit maintenant. Enfin, presque. Lui, il n'était tout de même pas encore prêt pour sa Première Chasse. Elle fut submergée par une bouffée d'amour pour ce grand blond venu du nord de l'Europe.

Mais elle devait sortir de ses rêveries. Il y avait à faire.

Elle allait se remettre à l'ouvrage lorsque, soudain, le traîneau lui revint à l'esprit. L'autre traîneau. Celui qu'elle avait aperçu, cru apercevoir peut-être – elle n'était plus très sûre – juste avant de dégainer le ulu et de plonger dans sa tâche. Ce n'était alors qu'un point sombre sur l'horizon blanc. Si c'était réellement un traîneau, s'il se dirigeait vers elle, elle devrait le voir plus clairement maintenant.

Ses yeux balayèrent le paysage sauvage. À l'horizon, les eaux noires du fjord de Qeqertaq, par lequel la mer de Baffin entaillait la terre. De ce côté, c'étaient les verts de la courte végétation et les gris-brun de la roche qui se livraient bataille, laissant dominer, au gré des fantaisies de la terre, les douces courbes végétales recouvrant les collines ou les angles acérés des échancrures de rochers. De ce côté, les seules taches blanches étaient quelques rares îlots de neige.

Mais ce n'était pas ce côté qui intéressait Kisimiipunga pour l'instant. C'était vers l'est qu'elle avait aperçu ce point minuscule qui l'intriguait. Qui l'inquiétait, peut-être, elle ne savait pas le démêler.

Instinctivement, son regard chercha la silhouette rassurante de la vieille carabine à verrou posée contre un rocher. Elle pensa aux cinq cartouches de calibre .308 Winchester, intactes, qui étaient toujours à l'abri dans l'une de ses poches. Toutes les cinq, autant que Taamusi Qumaq lui en avait remis au départ de sa Première Chasse.

L'idée d'avoir eu raison du grand caribou en n'utilisant que les armes ancestrales dessina un sourire sur ses lèvres. Après avoir blessé l'animal d'une flèche au défaut de l'épaule, et tout au long de la traque de deux jours et deux nuits qui avait suivi, son regard s'était souvent posé sur la carabine. Il aurait suffi qu'elle y chambre une cartouche, qu'elle ajuste le réticule de la lunette sur le cœur de la bête et qu'elle appuie sur la détente pour que le grand caribou s'effondre d'un seul bloc. Ainsi, elle aurait pu gagner de précieuses heures, l'empêcher de s'enfuir jusque dans cet endroit du bout du monde. Du bout du monde, vraiment, car, derrière cette dernière colline, se trouvait le dernier lieu à porter un nom, la Combe de l'Inuksuk, avant le grand désert des montagnes de glace de l'inlandsis.

Elle aurait pu utiliser sa carabine, c'était toléré par la coutume, et beaucoup ne s'en privaient pas. Mais une chasse menée dans le respect de la tradition des ancêtres avait une valeur symbolique bien supérieure pour les Inuits de son territoire.

*

Saisissant les jumelles dans les plis de son annuraak, elle les braqua vers l'est. De ce côté, le blanc régnait en maître. Le royaume étincelant de l'interminable glacier continental, l'inlandsis, ce monstre de glace et de neige. Une immensité gorgée de lumière.

Lorsque les jumelles accrochèrent l'attelage, le cœur de Kisimiipunga tapa un grand coup dans sa poitrine : c'était bien un traîneau. Il était encore très loin, mais il filait droit vers elle, à toute allure. Certainement pas un traîneau inuit, non. Une pulka sans doute. Mais les jumelles tremblaient trop dans ses mains fatiguées et l'image vibrante n'était pas très lisible.

Elle s'allongea dans l'herbe rare parsemée de neige et posa ses coudes sur la dépouille du grand caribou, à même la viande rouge parcourue d'une résille blanche.

Les bras en appui, sa vision devint nette. Pourtant, Kisimii avait du mal à croire ce qu'elle voyait.

D'abord, les chiens qui couraient comme des diables, attelés de manière abracadabrante, incompréhensible.

Puis il y avait cette pulka aux galbes singulièrement modernes. Rien à voir avec les traîneaux traditionnels en usage ici, ni même avec les traîneaux inuits de conception plus technologique, tractés par des ski-doo à carburH. Ce traîneau-là était minuscule, offrant tout juste la place pour une personne avec le minimum d'affaires pour survivre dans l'univers de glace d'où venait l'attelage.

Mais le plus déroutant, c'était qu'il n'y avait personne à son bord. Un traîneau mené par des chiens fous qui filait un train d'enfer, sans pilote !

C'est alors que les échos lointains du premier hurlement parvinrent jusqu'à elle.

Elle tendit l'oreille. Ses chiens s'agitèrent soudain, dressés sur leurs pattes avant, la truffe flairant l'air vif dans la direction du traîneau fantôme. Puis un long aboiement déchira le silence. Le museau pointé vers le ciel limpide, Tchatka, sa chienne de tête, hurlait à la mort.

Venu de l'horizon glacé, un nouveau hurlement sembla lui répondre, plus net que tout à l'heure. Les chiens effarouchés tirèrent sur leurs traits, et leurs aboiements éclatèrent dans le plus grand désordre.

Kisimiipunga se félicita d'avoir pris le temps d'arrimer son lourd traîneau à un gros rocher, en plus de l'ancre à neige. Car il n'y avait plus de doute : c'était bien des hurlements de loups qu'elle venait d'entendre.

Tout près de l'horizon, ils étaient là. Une douzaine, en meute, allongeant leurs foulées souples sur la neige gelée, à la poursuite du traîneau fantôme.

Les chiens de la pulka avaient entendu les hurlements, eux aussi. Ils tiraient sur leurs traits comme des diables, arrachant au sol des éclats de glace qui volaient dans les airs, nimbant le traîneau d'un nuage de particules blanches.

L'attelage était en déroute. Des chiens manquaient, certains avaient rompu leurs traits de cou, d'autres leurs traits de croupe. Prisonnier des lanières qui les liaient tous ensemble, chacun tirait comme il pouvait, sans se soucier des autres ; c'est ce qui donnait cette impression de pagaille. Depuis que les hurlements des loups les poursuivaient, seule la terreur dirigeait l'équipage.

Kisimii remarqua qu'aux endroits où des bêtes manquaient, des morceaux de dépouille, de pelage sanglant, rebondissaient sur le sol au bout des traits libres qui voltigeaient en désordre. Avant d'être pris en chasse par les loups, les chiens les plus forts, affamés, avaient mangé les plus épuisés.

Tout à coup, elle accrocha une forme humaine dans les jumelles. Un corps inanimé, jeté en travers de la pulka aux courbes étranges.

L'homme était vivant. C'était une certitude. Sinon, les chiens affamés auraient d'abord dévoré son cadavre avant de se résoudre à combattre leurs semblables.

Inexorablement, les loups gagnaient du terrain sur l'attelage. Elle se dressa d'un bond sur ses jambes, alla chercher sa carabine et revint vers la dépouille du caribou. Elle s'allongea en calant soigneusement ses coudes sur l'herbe rase, posa la sous-garde de son arme sur la carcasse rougie pour la stabiliser en direction de la meute et plaça son œil droit devant la lunette.

# Chapitre II

*Mai 2089*

*Union européenne – État français*
*Zone sécurisée de Montpellier*
*Tour de la Direction décentralisée de la Sécurité nationale*

— C'est sûr ? C'est bien lui ? Combien de chances ?

L'homme fixa l'officier La Gauffre de ses yeux ronds.

— Cent cinquante pour cent, affirma-t-il avec assurance. L'implant a été maquillé. Mais c'est bien celui du commandant Diaz. Je vous ai envoyé les graphiques.

La Gauffre tourna son visage vers la console. Du premier coup d'œil, il vit que l'homme avait raison. Les spirales qui visualisaient les racines de l'encodage se superposaient parfaitement sur plusieurs séquences.

Il se massa le menton. L'officier Diaz avait trouvé un moyen de maquiller son implant complexe avant de disparaître. Pour réapparaître sous une autre identité… à Lunel, dans la zone franche !

— Euh… c'est bon, patron ? risqua le gars du labo devant le long silence de son chef.

La Gauffre posa sur l'homme des yeux vagues. Comment ç'aurait pu être bon ? Ça turbinait dans ses méninges. Le silence dura encore, mais l'homme n'osa plus essayer de prendre la tangente.

— Les risques qu'on le perde ? articula finalement le patron.

Ses yeux n'étaient plus dans le vague. Ils étaient plantés dans ceux de l'homme.

— Euh… Je ne sais pas…, lâcha l'expert en biomatique.

Les sourcils de La Gauffre firent des accents circonflexes.

— Personne peut le dire, patron. En principe, maintenant qu'on a identifié l'implant, c'est impossible qu'il nous lâche. J'ai même dédié un cyrob pour suivre son signal, en plus du balayage de routine.

» Mais… pour trafiquer l'encodage à ce point, pour parvenir à paramétrer une autre identité complète, et drôlement bien faite, ces gars ont été capables d'embrouiller non pas un seul cyber-robot, mais tout le réseau de balayage, les centaines de cyrobs interconnectés, dont les intelliciels croisent en permanence les données émises par les implants de tous nos compatriotes.

— Alors ?…

— À mon avis, il faut considérer que les cyrobs peuvent perdre le signal de Diaz à tout moment. Il peut les larguer quand bon lui semble. Même si c'est théoriquement impossible. Vous voyez ce que je veux dire ?

La Gauffre hocha la tête. Il commençait à en avoir ras la casquette des choses soi-disant impossibles qui lui tombaient pourtant bel et bien sur le coin de la tête. Il n'était pas loin de penser que la sophistication du réseau de surveillance avait atteint son point extrême, où la complexité croissante laissait nécessairement de nouvelles brèches. Dont deux qui venaient de s'ouvrir sous ses yeux en moins de vingt-quatre heures.

— Merci, lâcha-t-il. Passez-moi la loc de Diaz sur ma console.

L'homme se dirigea vers la porte et se retourna pour répondre :

— J'ai joint la localisation au fichier ouvert sur votre écran. Un bloc de connexion directe avec le cyrob qui le file. Mais ce n'est plus vraiment Diaz, patron. C'est quelqu'un d'autre…

— Vous avez essayé de le connecter ?

— L'appeler ? Ou entrer en visuel ? Bien sûr que non ! Et je vous déconseille de le faire. C'est la meilleure façon de le perdre. S'il a le moindre soupçon d'être repéré, il risque de disparaître aussi sec. (Ses doigts claquèrent entre leurs visages.) Comme ça !

» Si vous voulez lui mettre la main dessus, il faut le faire physiquement. Envoyer une équipe l'intercepter. Là où il se trouve. Et lui tomber dessus sans crier gare.

» Le cyrob vous transmet en temps réel toutes les coordonnées de ses déplacements. J'ai programmé une précision optimale. De l'ordre du mètre.

L'homme rejoignit la porte capitonnée en quelques pas. Sur le seuil, il se retourna encore une fois.

— Ah, au fait... le robot dédié a déjà déniché quelque chose. Contrairement à ce qu'on avait d'abord cru, les informations sur Diaz n'ont pas toutes été effacées des terminaux. J'ai rassemblé dans un dossier celles que le cyber-robot a trouvées. Juste des bribes éparses... C'est le fichier joint, sur votre console. Jetez-y un œil, et voyez si ça vous dit quelque chose...

La Gauffre répondit d'un battement de paupières.

Le boss se retrouva seul. L'expert avait raison. Il fallait envoyer une unité d'intervention pour intercepter Diaz au plus vite. C'était la seule façon de le repêcher, et de le cuisiner pour savoir ce qu'il avait dans le ventre, ce fichu officier disparu depuis plus de deux semaines... et réapparu en zone franche, sous une autre identité !

Pour un simple citoyen, ç'aurait été juste incompréhensible. Mais pour un officier supérieur en charge d'affaires sensibles, c'était plus que préoccupant... Ça allait ébranler les ministères.

Ses mains volèrent sur l'interface et le tableau du personnel disponible s'afficha sur l'écran. Piochant dans la liste des unités spéciales, il eut vite monté une équipe de première bourre. Mais, en constatant que Damien Coste avait quitté la *maison* à midi pour partir en récup, il eut une moue dépitée.

Damien Coste, son collègue, son ami, son frère d'armes. C'est lui qu'il aurait fallu pour diriger l'opération. C'était l'homme d'action du tandem qu'ils formaient depuis bientôt six années. Damien absent pour trois jours, La Gauffre devrait s'y coller lui-même. Pas question de confier ça à un sous-fifre.

L'officier supérieur grimaça. Bien longtemps qu'il n'avait pas dirigé d'intervention sur le terrain. Ses enquêtes, il les menait derrière sa console depuis belle lurette. Comme presque tous les flics, désormais.

En zone sécurisée, les déplacements, les rencontres, les conversations, les achats, les revenus, la santé – les humeurs même ! – des résidents implantés laissaient toujours une trace quelque part dans les logs des terminaux des télécoms, des banques, des hôpitaux, des administrations, des centres commerciaux, sans parler de ceux de la police et de la sécurité…

Et les algorithmes des cyrobs épluchaient toutes ces données en permanence pour débusquer les trucs louches. Le travail de terrain était devenu presque inutile.

En zone franche, c'était une autre affaire. Tout pouvait déraper très vite. Tout était plus incontrôlable. Surtout depuis le dernier pic de la crise économique chronique qui venait tout compliquer.

Et puis, il y avait là-bas une majorité de gens sans implant, autrement plus difficiles à contrôler. Ces temps derniers, les hommes de La Gauffre n'y aimaient déjà pas les patrouilles de routine. Alors… une interception de ce genre, sur un as de la Sécurité nationale ! Qui donc pourrait être ravi de s'y coller ? Car le fait qu'il ait changé de camp ne modifiait en rien ses aptitudes. Et c'était l'un des meilleurs éléments que La Gauffre ait jamais eu sous ses ordres. Pourquoi s'était-il lancé dans une aventure aussi insensée ?

D'un soupir, il balaya ses réticences. Son index effleura l'interface de la console pour lancer les réquisitions d'urgence de l'équipe qu'il avait sélectionnée.

Briefing de préparation de l'opération dans dix minutes. Dans la salle de conférence.

# Chapitre III

*Mai 2089*

*Kalaallit Nunaat*
*Territoire de la localité de Qeqertaq*
*Secteur de la Combe de l'Inuksuk*

Kisimiipunga visait le loup le plus agressif, le plus rapide, celui qui avait pris plusieurs foulées d'avance sur la meute. Ses mâchoires claquaient, frôlant maintenant les bottes de l'inconnu inconscient jeté en travers de la pulka.

S'efforçant de calmer les battements de son cœur, elle attendit que la bête furieuse fût parfaitement alignée sur la croix du réticule ; lorsqu'elle fut sûre d'elle, elle appuya doucement sur la détente. Le coup partit. L'arme rua durement contre son épaule, contre sa joue.

Dans la lunette, elle vit nettement l'impact de sa balle : un petit nuage de glace avait jailli entre les pattes du loup qui continuait sa course… Raté !

Le loup était plus loin qu'elle ne le pensait. La trouille de le voir débouler sur elle lui avait fait sous-estimer la distance.

Elle regretta fugitivement d'avoir choisi de n'emporter, contre l'avis de Taamusi Qumaq, son parrain de Chasse et chef rituel du village, que cette antique carabine Enfield de l'armée danoise lors de sa Première Chasse. Avec un fusil à plasma, même ordinaire, et une lunette à compensation télémétrique de bas de gamme, elle n'aurait pas raté son tir.

Mais elle était trop sentimentale, Kisimiipunga, et elle tenait plus que tout à sa vieille carabine. La seule chose qui lui venait de sa lignée, du côté de son père. Lorsqu'elle sentait son poids sur son épaule, c'était un peu comme si ses parents étaient encore de ce monde, comme si leur esprit accompagnait toujours ses pas dans les vastes étendues solitaires.

Maintenant, si elle ratait encore son tir, il ne lui resterait plus que trois cartouches. Et, au rythme où ils allaient, les loups seraient vite sur elle.

Elle chassa cette dernière pensée. Un instant, elle fut tentée d'ajuster sa lunette de quelques clics de tourelle, qui auraient porté le tir plus haut. Mais quelque chose l'en empêcha. Quelque chose qu'elle savait devoir écouter.

La détonation du premier coup de feu résonnait encore dans l'air étincelant lorsqu'elle chambra une nouvelle cartouche et visa à l'aide de la lunette. Dans la lentille grossissante, le loup avait réussi à refermer ses mâchoires sur l'épaisse botte de l'homme. Tout en courant à côté de la pulka, il agitait frénétiquement la tête pour faire tomber sa proie.

La croix du réticule était stabilisée sur le poitrail de la bête, juste au bon endroit, là où son cœur battait à tout rompre. La tête triangulaire du loup valdinguait en tout sens dans la lunette, mais son corps était tenu en ligne par la rapidité de la course. Elle bloqua son souffle, pressa lentement la détente, l'index le plus léger possible.

Un claquement sec.

Cette fois, le loup se cabra dans la neige, foudroyé par l'impact qui l'avait soulevé du sol. La balle l'avait frappé en pleine poitrine.

Son corps sans vie n'était pas encore retombé sur la glace que, interrompant brusquement sa poursuite, la meute se jeta sur lui avec la sauvagerie ordinaire des fauves affamés.

Kisimiipunga posa son front sur le busc de sa crosse. Mais elle garda son canon pointé vers la meute. Elle avait bien fait de suivre l'intuition qui lui avait commandé de ne pas toucher au réglage de la lunette. La distance que le loup avait couverte entre les deux tirs avait suffi à l'amener au point de réglage.

Maintenant, elle hésitait, soupesant les trois dernières cartouches au fond de sa poche.

Trois balles, c'était déjà bien peu pour assurer ses arrières. Mais elle avait compté treize loups au total, et elle ne voulait pas prendre le risque qu'une fois terminé le festin, la meute les prenne en chasse.

Il fallait qu'ils aient de quoi se remplir le ventre, car ils n'attaquaient l'homme que lorsqu'ils y étaient poussés par la faim.

D'un geste souple, elle tira à regret une nouvelle cartouche de son annuraak, actionna la culasse de la carabine pour l'introduire dans la chambre et visa avec soin le plus lourd des grands fauves.

La vieille Enfield cracha une langue de feu. La distance était parfaite. Tuée net, la bête s'effondra dans la neige. La meute se scinda en deux sphères hérissées de crocs et de griffes, déchiquetant les cadavres.

*

Kisimiipunga avait rejoint le traîneau fantôme. Les restes des chiens dévorés accrochés aux cordages lui soulevaient le cœur. Mais elle parvint rapidement à attacher un trait au harnais du chien de tête, un grand alaskan aux yeux vairons, l'un turquoise, l'autre gris, parsemé d'éclats noisette.

Sans cesser de fixer l'étrange regard de la bête, elle en flatta l'encolure au poil encore hérissé de panique. Elle lut dans les yeux du meneur d'attelage qu'il avait parfaitement fait le lien entre les coups de feu qu'il avait entendus, l'abandon de la poursuite des loups et l'arrivée de la jeune fille surgie de l'immensité blanche. Et lorsque, baissant les oreilles vers l'arrière, la bête lui lécha le poignet de sa langue chaude, Kisimii sut que le grand chien l'adoptait comme chef de la meute. Désormais, il accepterait de la suivre et de lui obéir, et les autres chiens feraient de même.

L'homme n'était pas un Inuit, elle en était sûre ; un Européen sans doute, à en juger par son équipement. Ce qu'elle discerna de ses blessures lui tira une grimace.

Ses jambes étaient brisées, l'une d'elles pliée dans un angle improbable pénible à regarder. Un tibia avait perforé les chairs et ses deux pantalons superposés pour saillir à l'air libre. Sur son front, une large entaille avait souillé tout le visage. Elle ne chercha pas à savoir si cette chose blanche, qui tranchait nettement sur le pourpre de la blessure, était bien l'os frontal de son crâne mis à nu ou quelque chose d'autre…

Sous l'épaisse peau de loup de son annuraak, un long frisson parcourut ses épaules.

# Chapitre IV

*Mai 2089*

*Union européenne – État français*
*Zone franche de Montpellier*
*Conurbanisation de Lunel*

— C'est parti, les gars !

La Gauffre plongea au cœur de la zone franche. Enfin, presque.

Devant lui, le mur d'holoécrans renvoyait les visuels des agents mobilisés pour l'opération Diaz. Il pouvait voir exactement ce que voyait chacun des hommes, malgré un sensible rétrécissement de champ lié à des contingences techniques. Leurs paroles ainsi que leurs échanges radio lui étaient retransmis en temps réel, et, d'un simple basculement de commutateur, il pouvait recevoir tout ce qu'entendait chaque agent, ambiance sonore comprise.

La Gauffre prit une longue inspiration et jeta un regard à un autre écran où des points verts clignotaient sur le plan d'ensemble de l'urbanisation de Lunel (zone franche), marquant la progression de chaque membre de l'équipe.

Ils arrivaient près de la rue Droite, où un point rouge matérialisait la position de la cible. D'après les données renvoyées par les cyrobs, Diaz n'avait pas bougé du bistrot où il avait pénétré quinze minutes plus tôt.

Le regard de La Gauffre parcourait sans cesse la mosaïque d'images, cherchant la meilleure vision d'ensemble.

Les hommes parlaient peu depuis qu'ils avaient abordé la zone critique. De petits cercles entourèrent un à un les points verts sur le plan de la ville : les agents activaient les champs anti-plasma qui complétaient la protection de leurs gilets pare-balles.

Numéro trois entrait dans le bar. La Gauffre étudia son visuel sur l'holoécran correspondant et découvrit un bar louche comme on n'en voyait plus qu'en zone franche, ou dans les vieux films de cinéma 2D qu'une chaîne culturelle diffusait parfois en ciné-club, aux heures de faible écoute, en version holographiée tout de même.

La Gauffre recoupa les infos du visuel du bar avec la position de Diaz affichée sur l'autre écran.

— Cible identifiée !

Sa voix grésilla aux oreilles des hommes.

— D'après les données de la localisation, Diaz se tient tout au bout du comptoir, lança-t-il. Au fond de la salle ! Sans doute le gars à la tunique brune. Il a dû changer de coiffure, épaissir sa silhouette.

Du coin de l'œil, Numéro trois repéra la cible.

Diaz avait les yeux fixés sur un holocube installé au fond du bistrot, qui retransmettait une corrida de la dernière Feria de Nîmes – les spectacles avaient repris depuis que la ville était passée en zone franche.

Attablés autour d'un tapis de feutre vert patiné de crasse, quatre autres types tapaient le carton avec des mines sombres. Un serveur pâlichon essuyait des verres ternes avec un chiffon sale, derrière son comptoir mélaminé de brun, pur style fin XX^e^.

Ayant noté tout cela d'un seul coup d'œil, Numéro trois se dirigea vers le comptoir et commanda une bière de chanvre.

— Reste au bar, ordonna la voix de La Gauffre dans son oreille. Installe-toi. Prends un tabouret, fais durer ta bière. On ne tentera rien avant que vous soyez au moins trois sur site. Et tourne-toi un peu vers la droite, comme pour suivre la corrida. Diaz restera dans ton visuel sans que tu le regardes. Mais moi, je l'observe, t'inquiète.

Le patron étudia la silhouette de l'ancien officier dont la tête se découpait sur le mur blanc jauni de crasse. Cette coiffure qu'il s'était faite !… Et il avait dû mettre des talonnettes, car il paraissait bien cinq centimètres de plus que sa taille.

Numéro sept et Numéro deux entrèrent dans le bar à quatre minutes d'intervalle. Avec les trois visuels, La Gauffre avait une meilleure idée de l'endroit. Il indiqua à chacun où s'installer pour ne laisser dans les angles morts des écrans que des coins déserts du bar. Il pouvait ainsi voir chaque client.

Le serveur se dirigea vers Numéro sept pour prendre sa commande. Au moment où il passa devant Diaz, celui-ci le suivit du regard, se retournant vers la salle.

Il dévisagea chacun des trois nouveaux arrivants, baissa les yeux vers le sol et marqua un imperceptible temps d'arrêt avant de replonger dans son spectacle.

— Merde ! lâcha La Gauffre. C'est pas Diaz... Stand-by ! Ne bougez pas, les gars. Je recoupe.

Sans lâcher le mur d'écrans des yeux, La Gauffre contacta le gars de la biomatique, qui confirma formellement :

— Je vous dis que c'est du sûr de chez sûr, patron ! C'est bien l'implant de Diaz que j'ai identifié. Pas l'ombre d'un doute. Qu'il lui ressemble ou non, c'est son implant !

La Gauffre coupa aussitôt la communication et balaya du regard les visuels des hommes postés à l'extérieur du bar. Puis il se concentra de nouveau sur l'intérieur. Il fallait décider vite.

Il trancha en moins d'une seconde :

— Attention, les gars. Confirmation de cible. Je répète : cible confirmée. Oubliez l'apparence physique. On intercepte dans trente secondes.

À ce moment, un doute saisit La Gauffre. Il lança un rapide retour en arrière sur l'enregistrement des images.

Là... Au moment où l'homme s'était retourné, il avait regardé vers le sol et hésité une seconde avant de revenir au combat diffusé par l'holocube.

La Gauffre revisionna cette séquence image par image, et surprit le regard de l'homme.

— Numéro trois, ordonna-t-il vivement, regarde tes chaussures.

L'homme comprit en même temps qu'il baissait la tête. La voix de La Gauffre crépita dans son oreille :

— Putain ! T'es con ou quoi ?

Dans la précipitation du départ, il avait gardé ses chaussures d'intervention réglementaires. Belle bourde ! Un gamin de cinq ans savait les reconnaître, avec toutes ces séries policières diffusées sur les chaînes d'holocube.

À coup sûr, l'homme avait repéré les chaussures de police.

Sur le graphique des données biométriques en bas de l'écran de Numéro trois, le rythme cardiaque s'emballait. Calmer le jeu tout de suite, pensa La Gauffre. Pas le moment de faire perdre leurs moyens à ses hommes. Il reprit d'une voix calme en ravalant sa mauvaise humeur :

— Pas grave, Numéro trois. Reste concentré sur la mission. Assure, petit. Je te fais confiance.

Numéro trois s'évertuait à garder les yeux mobiles, car le serveur semblait l'observer tout en essuyant ses verres. Il était si facile de se trahir par un seul regard, un peu trop flou, un peu trop fixe, lorsqu'on recevait une communication audio interne.

Le serveur avait-il surpris un de ces regards quand La Gauffre lui avait parlé de ses chaussures ?

— Attention, les gars, relança La Gauffre dont la voix résonna dans les oreilles de chaque homme. La cible a flairé du louche… Faut faire vite.

Le serveur se rapprochait du tiroir-caisse, au bout du comptoir, près de l'homme qui regardait la corrida.

Numéro trois eut la certitude que, tout comme la cible, il avait reniflé du louche. Son cœur battait la chamade.

La Gauffre poursuivit :

— Numéro trois, tu te diriges vers les chiottes, au fond du bar. Tu n'en sortiras qu'à mon signal. Les autres se préparent. Il sera pris en tenaille.

Numéro deux fut intrigué de voir son collègue rester planté là, sans exécuter l'ordre que chacun avait pourtant parfaitement entendu. Puis il remarqua son désarroi.

Numéro trois n'entendait plus rien des consignes qui grésillaient dans ses oreilles car, derrière le bar, il avait vu le serveur échanger un geste silencieux avec la cible. Puis tout alla très vite.

Un cri couvrit le tumulte de la corrida :

— Les flics ! C'est des flics !

Tout en donnant l'alarme, le serveur avait plongé la main dans le tiroir-caisse. Il pointa un pistoplasma Sig-Sauer de forte puissance vers Numéro trois et fit feu immédiatement, à plusieurs reprises. Des gerbes d'étincelles illuminèrent le champ anti-plasma de Numéro trois, qui fut projeté contre le mur comme par une série de coups de poing formidables.

Au même moment, l'homme qui ne ressemblait pas à Diaz fit volte-face. Le canon de son vieux revolver Smith & Wesson modèle 19 crachait des langues de flammes.

Aussitôt, le sifflement des charges de plasma des armes de Sept et Deux répondit aux aboiements de la poudre. Mais aucune n'atteignit les hommes qui s'étaient jetés à terre.

Sonné au pied de la cloison qu'il avait percutée, Numéro trois avait un mal de chien à dégainer son arme. Lorsqu'il releva la tête, Numéro sept valdinguait par-dessus le comptoir. Une balle de revolver tirée par un des joueurs de cartes l'avait touché à la tête.

Dans la pagaille, Trois entrevit à peine la silhouette massive qui venait de surgir de l'arrière-salle. Dans ses larges pognes, l'antique fusil d'assaut FAMAS semblait minuscule.

Les hommes embusqués dans la rue Droite s'élancèrent vers le bar, portés par le fracas de la fusillade. Les plus rapides arrivaient à la porte d'entrée lorsqu'une rafale de FAMAS tirée du fond de la salle pulvérisa la vitrine. Au même moment, le réservoir d'une vieille bagnole à carburH garée devant le bar, perforé par les balles, s'enflamma comme une torche géante. Les agents plongèrent vers le bitume gras.

Dans une illumination fulgurante, la voiture explosa. Une langue de feu envahit la rue Droite d'un éclair orangé aux franges presque blanches, qui se rétracta aussitôt sur son point d'origine. Une déflagration formidable ébranla le quartier. Les vitres des immeubles qui volaient en éclat retombaient sur l'asphalte. Le vacarme d'enfer de l'explosion se mit à décroître lentement, laissant place aux tintements du verre brisé qui continuait à dégringoler sur la chaussée.

Une pluie invraisemblable de débris de toutes tailles emportés par le souffle tombait sur le sol, étouffant la lumière du jour.

Les trois agents les plus éloignés du bar se relevèrent en titubant. À pas incertains, les armes braquées vers la façade emportée par le souffle, ils approchèrent en silence.

Dans le bar, un nuage de poussière escamotait la salle. Partout des décombres. Plus un souffle. Plus une âme qui vive.

Dans le bureau de La Gauffre, seuls trois écrans transmettaient encore des images. Tous les autres affichaient le même gris terne : ceux des hommes dans le bar, ceux des autres qui se trouvaient devant la vitrine. Les trois cubes restants montraient la même image : un chaos de ruines qui masquait des cadavres.

# Chapitre V

*Mai 2089*

*Kalaallit Nunaat*
*Territoire de la localité de Qeqertaq*
*Secteur de la Combe de l'Inuksuk*

La voix de Taamusi Qumaq s'élevait dans l'air cristallin, nette comme s'il se trouvait à deux pas du traîneau. La retransmission holøson était parfaite, comme d'habitude.

Kisimiipunga sentait que son parrain de Chasse n'était pas à l'aise. Il n'avait pas lancé la moindre moquerie, et elle n'avait pas encore entendu résonner son rire.

Pour en avoir le cœur net, elle effleura la commande de l'holøvision sur le cylindre. L'image du vieux visage tanné par le climat arctique, encadré de cheveux lisses et noirs comme les eaux du fjord de Qeqertaq au mois de novembre, s'afficha dans un cube immat de la taille d'une boîte à chapeau, suspendue dans les airs à deux empans du cylindre.

Effectivement, Taamusi Qumaq n'avait pas l'air dans son assiette.

Kisimii devina qu'il se faisait du souci pour elle. En principe, l'utilisation du cylindre équivalait à l'échec de la Première Chasse. Si elle appelait alors qu'elle était si près du but, c'était nécessairement pour quelque chose de grave…

— T'en fais pas, Parrain, lança-t-elle gaiement pour le rassurer. Tout se passe bien… pour moi ! La traque a été dure, mais j'ai presque fini de dépecer le grand caribou. Ça prend du temps, il doit bien faire ses quatre cents livres…

Tout en parlant, la jeune fille avait dirigé le capteur optique sur la carcasse à demi débitée de l'animal, afin que son parrain puisse juger par lui-même de la taille de l'animal.

Un sifflement admiratif s'éleva dans les airs. Le relief du son était si réaliste que Kisimiipunga sursauta. Le temps d'un battement de cœur, elle avait cru que son parrain de Chasse se trouvait réellement derrière elle. Agacée, elle désactiva la fonction holøson pour retrouver le rendu sans relief d'une communication radio ordinaire.

— Magnifique ! reprit le vieux. Mais… tu as presque fini et tu flanques ta Chasse en l'air en lançant cet appel avant d'avoir rejoint le village par tes propres moyens ?

En guise de réponse, elle orienta le capteur vers l'attelage de l'homme blessé, en s'attardant malgré elle sur les détails les plus morbides de ses blessures.

Lorsque l'ancien découvrit les images, le silence se fit dans le cylindre.

— Je n'ai pas raté ma Chasse, martela Kisimii d'une voix nette. Tout allait bien jusqu'à ce que ce traîneau surgisse de nulle part ! Moi, je n'ai besoin de rien. J'utilise la procédure d'appel d'urgence uniquement pour faire soigner cet inconnu que je viens de sauver des loups…

Ce n'était que la vérité, mais Kisimii fut terriblement gênée d'entendre sa voix se teinter d'une pointe de fierté malvenue. Elle sentit le rouge lui monter aux pommettes. Par bonheur, le cylindre ne captait pas son visage à ce moment-là.

— Je comprends…, répondit le parrain en contemplant les images de l'homme blessé. On arrive.

Il n'y avait pas grand-chose à ajouter, son parrain avait la position GPS du cylindre en tag de son appel. Elle allait raccrocher quand la voix de Taamusi Qumaq interrompit son geste :

— Non, attends, Kisimii !

Son visage qui flottait dans les airs exprimait de la gêne.

— Ce sera un peu long… Le Faucon n'est pas disponible. Nous allons devoir venir en ski-doo. Je vais lever une équipe. Nous arriverons demain, vers la mi-journée sans doute. Mais il y a…

Taamusi Qumaq s'interrompit et resta silencieux plusieurs secondes. Ce n'était pas dans ses habitudes de chercher ses mots. Il avait quelque chose de difficile à dire. Voilà pourquoi depuis le début, il était mal à l'aise. Saisie d'un pressentiment, Kisimii demanda de manière un peu abrupte :

— Pourquoi le Faucon n'est-il pas disponible ?

Il n'y avait qu'une raison possible pour que l'hélikø, qui appartenait en commun aux villages alentour, ne soit pas libre pour un secours d'urgence.

— Parce qu'il est déjà en sauvetage, annonça l'ancien d'une voix blanche. Une… une barge s'est renversée dans le fjord de Qeqertaq.

Une barge !… Un éclair traversa le champ de vision de Kisimii. Un éclat de la même brillance que le métal dont on fabriquait les barges. De la même brillance qu'un Tubørg déchirant le ciel pur d'une journée printanière.

Dans le cube, les lèvres du vieux étaient parcourues de tremblements. Le temps d'un battement de paupières, ses yeux se baissèrent vers le sol.

Kisimii savait déjà ce qu'il allait dire. Elle comprit alors pourquoi l'éclat du Tubørg traversant le ciel lui avait évoqué la barge de Knud. Une de ces intuitions qui lui étaient familières, et parfaitement naturelles dans sa culture.

— C'est la barge de Knud. Je ne…

Kisimii n'entendit pas la fin de la phrase. Un vertige l'emporta. Elle dut s'asseoir sur le bois du traîneau.

Knud… Sa barge étincelante renversée dans les eaux de l'immense parc d'élevage des narvals dont il avait la charge, à plus de trente milles des côtes.

Le vieux savait comme les deux jeunes étaient proches. Depuis qu'elle était rentrée de son année de thèse à Copenhague, ils ne le cachaient guère.

Kisimii rayonnait de ne plus être seule. Le jeune Danois avait tout abandonné pour venir avec elle s'installer à Qeqertaq et le fait que tous deux aient perdu leur famille avant l'âge adulte les soudait davantage encore, sans doute. Cet amour que depuis des années ils n'avaient pu donner à personne les portait avec une énergie peu commune. Ils irradiaient la joie de vivre. Et les gens les aimaient. Ils étaient un peu devenus les enfants de tout le village. Taamusi Qumaq aurait tellement préféré pouvoir prendre Kisimii dans ses bras pour lui annoncer la mauvaise nouvelle.

Elle retrouvait ses esprits. La voix du vieux poursuivait, cherchant des inflexions rassurantes :

— … sans doute pas très grave. Juste assez pour justifier l'intervention du Faucon. Te bile pas, ma belle. Tout est peut-être déjà réglé, à cette heure.

» Allez, j'appelle quelques copains et on saute sur nos machines. On arrive le plus vite possible. Tiens bon, petite.

Elle ne parvint pas à lui rendre son sourire.

L'image du vieux visage s'évanouit dans les airs, la laissant sonnée par ce qu'elle venait d'apprendre, terriblement seule dans ce paysage sauvage.

Knud, sa barge chavirée au beau milieu du fjord… Elle connaissait bien ce bateau, elle avait souvent navigué avec son amoureux. Chaque fois qu'elle devait se rendre au parc aux narvals pour mener ses expériences. Mais aussi pour de simples escapades, lorsque leurs occupations leur laissaient du temps libre. L'image de l'embarcation bouscula le souvenir des moments touchés par la grâce. Aucun abri à bord, pas la plus petite cabine ni rien qui ressemblât à un semblant de cale. Une simple plate-forme de plaques de titane soudées, rectangulaire, éblouissante, de dix pas sur six peut-être, et qui ne dépassait que d'une coudée la surface lisse des eaux noires de la mer de Baffin. Mais elle était propulsée par un moteur à carburH de 220 chevaux. Le plus puissant de toute la région. La fierté secrète de Knud, qui avait fabriqué l'embarcation lui-même avec les plaques de métal récupérées sur l'épave d'un Tubørg de l'armée US abandonné sur le grand glacier, lorsque les forces du G30 avaient définitivement quitté leurs bases du Groenland.

Knud… Sa silhouette fière, dressée sur le rectangle brillant, pendant qu'il la regardait courir sur le ponton pour venir le rejoindre. Son sourire lumineux, lorsqu'il lui tendait la main pour l'aider à enjamber le plat-bord et entrer dans son royaume. Knud, qui débarquait sur le sable grossier d'une des rares criques abordables, l'été, quand la lumière était douce et qu'ils avaient un moment à passer ensemble.

Puis l'image du ventre brillant de la barge chavirée tranchant sur les eaux sombres déboula dans sa tête, monstrueuse, balayant tout le reste.

D'un seul coup, comme si elle s'était tenue tout ce temps tapie dans les replis du glacier en guettant la première faille dans le courage de la jeune Inuite pour bondir sur elle, la panique l'assaillit.

Elle fondit sur elle d'un seul coup, comme une matière palpable, oppressante. Une panique froide, qui embrouillait ses idées dans des tourbillons sur lesquels elle n'avait aucune prise.

Assise sur son traîneau, Kisimiipunga saisit sa tête entre ses mains, égarée dans des pensées lugubres comme ces gouffres sans fond qui crevassaient le grand désert de glace.

# Chapitre VI

*Mai 2089*

*Union européenne – État français,*
*Zone rurale sécurisée Rhône-Alpes*
*Parc d'Écoloisir de haute montagne des Écrins*

Damien Coste éteignit les phares et coupa le contact vers quatre heures moins le quart. Au fond de la vallée qui entaillait profondément le massif des Écrins, le parking d'Ailefroide était encore désert. Une lumière laiteuse diluait les ténèbres des contreforts du Pelvoux, dont les murailles de granit sombre venaient mourir à quelques mètres de la voiture, derrière les hautes grilles du parc d'Écoloisir de haute montagne.

Lorsque Damien ouvrit la portière, une bouffée d'air vif envahit l'habitacle. Le cri strident d'une marmotte dérangée déchira le silence du petit matin ; et sa course décrocha quelques pierres qui dégringolèrent un ressaut de l'imposante muraille. Pas de doute, il était bien dans les Alpes.

Il sortit de voiture, fit quelques pas pour se dégourdir les jambes en prenant de longues inspirations, avec la sensation diffuse de respirer pour la première fois depuis des semaines. Puis, d'un geste bien rodé de l'index, il effleura le saillant de son poignet gauche. Les minces fils lumineux de l'interface immat s'affichèrent instantanément dans les airs.

Il se connecta au terminal du département d'Écoloisir des Hautes-Alpes.

Les pièces du dossier qu'il avait dû monter pour obtenir son autorisation de grande course en montagne défilèrent sur l'écran : certificat de compétences, attestation d'entraînement assidu à l'escalade, liste et niveau des courses précédentes, check-up médical, itinéraire de la course choisie, horaire prévu, réservation au refuge du Sélé pour la redescente, attestation de régularité fiscale, paiement de la redevance et des honoraires à l'Ordre des guides…

Tout était en règle. Mais, au temps d'affichage anormalement long, il devina que le cyrob allait vérifier l'authenticité des pièces dans les terminaux des administrations correspondantes. Cela arrivait souvent. Même pour un officier d'élite de la Sécurité nationale. Et puis, il avait dû modifier sa demande au dernier moment, faire passer la course en « solitaire ». Cette fois, Diaz lui avait fait faux bond. Diaz… Pfff, quelle histoire encore !

— Autorisation validée pour « l'Ailefroide centrale par la voie Cambon-Francou » en solitaire, déclara la voix de synthèse du cyrob. Vous allez être mis en relation avec l'Ordre des guides.

Le visage du guide qui suivrait la course s'afficha dans le cube.

— Bonne course, marmonna-t-il en guise de salut.

Manifestement, s'il consentait à prononcer la formule rituelle, le seul vœu qu'il formulait réellement en son for intérieur était de se rendormir sur son bureau le plus vite possible. Mais dès que Damien affronterait une partie délicate de la course, le guide suivrait l'avancée de sa balise sur les écrans de contrôle. Protocole obligatoire pour les courses en solitaire. Il étudierait l'évolution de sa condition physique en temps réel sur les graphiques biométriques, suivrait l'évolution météo à court terme. Et s'il y avait un problème, il pourrait entrer en visuel, voir exactement ce que Damien verrait lui-même, grâce à la transmission sensorielle de l'implant biocomplexe. Il lui éviterait les options foireuses, lui soufflerait les bons choix, guiderait les bons gestes si besoin était. Et si les choses se gâtaient pour de bon, il déciderait de l'évacuation, qui ne prendrait guère plus d'un quart d'heure.

— C'est bon, tout est en règle, indiqua le guide, visiblement ravi d'en avoir fini si vite.

— Oui, enchaîna Damien Coste en enfilant une coque, j'y ai passé assez de temps. Si ça continue, faudra s'y prendre un quart de siècle à l'avance pour une course en montagne…

Le guide coupa la communication sans répondre. Damien fut un peu déçu. Au prix de la course, son guide aurait bien pu lui accorder un brin de causette.

Les premières lueurs de l'aube frisaient les sommets enneigés d'une réverbération bleuâtre. Damien se dirigea vers le sentier du vallon du Sélé, vérifiant les détails de son équipement, tendant machinalement quelques scratches, réglant des boucles. Dans l'air vif du matin, il trouvait dans ces menus préparatifs une jubilation qu'il attendait depuis une année entière. Depuis sa dernière grande course en montagne.

À l'approche du portique de contrôle, son cœur se mit à battre la chamade. Le bonheur de se retrouver en montagne se mêlait à l'appréhension de se mesurer seul à cette course difficile.

Il dut attendre une poignée de secondes le feu vert du portique, le temps que la machine vérifie les codes magnétiques de chaque article du matériel rangé au fond de son sac.

— Matériel complet et conforme, articula une voix de synthèse. Mais attention, la garantie-sécurité de vos piolets-crampons expire en novembre 2089. Pensez à remplacer ce matériel avant la saison prochaine, monsieur Coste.

» Bienvenue dans le parc d'Écoloisir de haute montagne des Écrins, et bonne course.

La grille luisante glissa silencieusement sur son rail, lui laissant le passage.

À ce moment, les trois bips d'une connexion prioritaire bourdonnèrent dans ses oreilles. Pas moyen de la rejeter.

— Alors, monsieur Coste, on fait de l'adrénaline ?

La Gauffre ! Damien crut recevoir un coup de poing dans la poitrine. Un « Merde ! » d'une incontestable sincérité s'échappa de ses lèvres. Son collègue de la Sécurité nationale, une connexion prioritaire, à quatre heures du mat, un jour de repos posé sept mois à l'avance… Mauvais signe. Très mauvais signe.

— 'tain, Gaufrette, quoi encore ? Je sens que tu vas me casser les burnes. Tu sais où je suis, en ce moment ? Tu sais ce que je vais faire ?

— *Yes, Sir*, répliqua le collègue en singeant l'accent des sherpas du Népal. Je sais que tu es au portique de contrôle du vallon du Sélé, précisément. Ton taux d'adrénaline est de 0,84 µ/g, ce qui indique une appréhension nettement au-dessus de la moyenne…

» Et je sais mieux que toi ce que tu vas faire : tu vas immédiatement courir jusqu'à ta voiture pour foncer à la brigade de la Sécurité de Briançon où un sonique t'attend. Et dans moins d'une heure, tu seras à Montpellier, dans la salle de réunion, avec l'équipe au grand complet. Voilà ce que tu vas faire !

— Et merde ! lança Damien, ajoutant cette fois une conviction peu commune à la sincérité de sa réplique.

— Tu te répètes. Tu manques terriblement de repartie quand tu es en colère.

Damien connaissait bien Gaufrette. Il utilisait l'humour comme un remède. Et sous la légèreté de ses répliques, il discernait une lassitude effrayante.

— Une tuile ? enchaîna-t-il d'une voix plus conciliante.

— Une tuile ? C'est plutôt la toiture complète ! Du genre dont on ne peut pas parler hors d'une salle à brouillage confidentiel. Tu vois ce que je veux dire ? Rapplique tout de suite, tu sauras bien assez vite…

— 'tain, ma course est râpée. Et avec toute cette paperasse, je suis bon pour attendre l'année prochaine. Dis-moi au moins pourquoi l'État français juge ma présence indispensable, justement aujourd'hui.

Gaufrette hésita une seconde. Il claqua de la langue comme s'il allait parler, mais il se ravisa et garda le silence. Damien essaya de deviner. Ce n'était pas très difficile.

— C'est quoi ? Les narvals ? Une connerie du côté de Diaz ? J'y ai pensé pendant le trajet. Vous avez logé son signal ?

— Tu parles si on l'a logé…

La voix de Gaufrette dérailla :

— J'ai dirigé une opération d'interception en zone franche. Une catastrophe.

Il dut s'accrocher pour poursuivre.

— Sept gars. J'ai laissé sept gars sur le carreau…

Sa voix se cassa. Un long silence s'installa.

— Je peux rien te dire de plus par radio, mais c'est pas tout. Du côté des narvals aussi, y a un sacré sac de merde. On envoie une mission aujourd'hui même. C'est risqué, mais il n'y a plus d'autre solution maintenant… Ça urge.

» Et tu sais quoi ? Il semble de plus en plus clair qu'il y a un lien entre les deux affaires. Et toc ! Ça t'épate, hein ? Le ministre en personne sera présent à la réunion de crise, tout à l'heure. Et encore, c'est parce que le président n'est pas disponible… Tu vois où nous en sommes ? C'est du feu, cette histoire. Mais j'en ai déjà trop dit. Allez, rapplique !

— Je suis *déjà* dans ma bagnole, conozof !

Surtout, ne montrer aucune compassion. Après un coup dur, c'était la seule façon d'aider son ami à remonter la pente. Damien l'avait appris depuis belle lurette. Un bip long bourdonna à ses oreilles. Gaufrette entrait en visuel.

— Tu veux bien jeter un coup d'œil aux montagnes ? Que je profite un peu de la vue, lança la voix de son collègue. Du train où vont les choses, ça risque bien d'être ma seule bouffée d'oxygène d'ici à l'an 3000.

Damien garda son regard fermement fixé sur l'étroite route sombre bordée de mélèzes, sans rien laisser entrevoir du somptueux paysage qui s'étendait tout autour.

— Alors ça, tu peux toujours te gratter, mon pote !

## Chapitre VII

*Mai 2089*

*Kalaallit Nunaat*
*Territoire de la localité de Qeqertaq*
*Secteur de la Combe de l'Inuksuk*

Kisimiipunga se leva, à demi hébétée. Ses pas la menèrent vers le coin d'herbe et de neige souillées par le dépeçage. Ses yeux tombèrent sur le ulu resté à terre, à l'endroit même où elle l'avait posé, quand elle avait aperçu les loups, il y avait mille ans peut-être.

Elle le ramassa, essuya sa lame dans la neige, la sécha sur le cuir de son pantalon et la glissa dans son étui en peau de phoque. Puis elle rangea le couteau dans les plis de son annuraak. Ces gestes machinaux lui firent reprendre contact avec la réalité.

Elle s'efforça de ne plus penser aux loups, ni à l'accident de Knud, ni à sa Première Chasse.

Saisissant le cylindre, elle se dirigea vers l'homme inconscient. Au passage, elle flatta rapidement l'encolure de l'alaskan aux yeux vairons et lui donna une tape amicale sur le museau, ébouriffant de l'autre main l'encolure de Tchatka, sa chienne de tête toujours jalouse qui était aussitôt venue se coller dans ses jambes. À nouveau, le grand chien la gratifia d'un coup de langue, et Tchatka l'imita pendant qu'elle vérifiait la corde reliée à son propre traîneau.

— Là… Suffit, les chiens. Je veux pas me noyer dans votre bave !

Puis elle pensa qu'il faudrait remettre de l'ordre dans l'attelage de l'inconnu, nettoyer ces saletés écœurantes qui pendouillaient aux cordages. Mais ce n'était pas le moment. Il y avait plus urgent.

S'approchant de l'homme, elle remarqua deux sacs à dos de textile moderne au fond de la pulka, mais elle n'y prêta pas attention, car à ce moment, elle fut saisie d'un étrange sentiment.

Cet Européen… c'était un homme bien sûr, mais un homme inconscient. Il était là sans y être réellement. Il lui semblait lointain, étranger à son monde. Ce n'était ni vraiment quelqu'un ni tout à fait personne. Et qu'il devînt l'un ou l'autre dépendait en grande partie d'elle…

Elle posa le cylindre sur un rebord de la pulka composite et son doigt effleura sa surface lisse. Ensuite, d'un mouvement gracieux et précis à la fois, qui aurait sans doute pu évoquer quelque étrange rituel chamanique, ses deux index dessinèrent dans les airs les deux moitiés d'un même rectangle.

Les lignes vertes de l'interface immat – de minces fils lumineux comme des rais de néon – s'affichèrent à cet endroit précis, juste devant elle, à la bonne hauteur pour qu'elle puisse l'utiliser de manière commode.

Elle se connecta au réseau global et remplit un formulaire d'urgence médicale.

Au bout de quelques secondes, le visage typé d'une téléurgentiste orientale coiffée d'un calot blanc s'afficha dans le cube. Un sourire circonspect durcissait ses lèvres au maquillage impeccable. Elle avait vu que l'appel provenait d'un simple cylindre.

Depuis que les implants complexes étaient devenus obligatoires pour les citoyens résidents des zones sécurisées des pays riches, les cylindres leur inspiraient de plus en plus de méfiance. Leurs utilisateurs semblaient nécessairement être coupables de quelque méfait grave, pour ne pas être admis à l'accès à la sécurité sans égale procurée par l'implant complexe. D'emblée, des individus peu fréquentables, en somme. Des humains de seconde zone. Et peut-être même – pire que tout sans doute – des pauvres, voire des réfractaires. Il y en avait de plus en plus, à ce qu'on disait, mais sur cela les médias gardaient soigneusement le silence.

En tout cas, dans le cube, le visage de la téléurgentiste orientale s'était complètement fermé en découvrant celui de Kisimii.

Déjà, elle remuait négativement la tête, cherchant les mots pour refuser cette consultation douteuse. D'autant que le cas avait l'air compliqué, à en juger par les images des deux plaies les plus graves du blessé que Kisimii avait attachées au formulaire de requête.

Kisimii comprit tout de suite. Elle bredouilla quelques mots pour clore la communication avant de se faire éconduire, maudissant le réflexe stupide qui l'avait fait se connecter au réseau global d'urgence pour sauver cet Européen. Un Européen, et elle avait réagi à l'européenne, pensant que le centre de régulation des urgences prêterait secours à un semblable… Pour elle-même, elle n'aurait jamais fait ça, même si elle avait eu un besoin grave d'assistance médicale. Pour elle-même, elle aurait contacté le dispensaire de Qeqertaq.

Elle haussa les épaules et composa son numéro.

— Salut, Kisimii ! Quelque chose cloche ? lança la voix familière de Nanseng qui avait reconnu la signature d'appel du cylindre.

Comment le médecin savait-il qu'elle avait emporté ce cylindre ? Comme plusieurs autres, il appartenait en commun aux habitants de Qeqertaq. Selon les jours, celui qui en avait besoin passait à la Maison du Village et en prenait un au hasard. Taamusi Qumaq avait dû signaler au toubib qu'elle avait ce cylindre-là pour sa Première Chasse, lui recommandant de surveiller tout particulièrement les appels en provenance de cette station mobile.

Avant qu'elle ait pu répondre, la connexion holøvision s'était mise en route.

— Mais… qu'est-ce qui t'arrive ? s'écria le toubib, affolé, dès qu'il vit son image. Dans quel état tu t'es mise ! C'est grave ?

— Quoi ? Quel état ?

Pour toute réponse, le médecin tourna son capteur vers son propre holøcube afin de renvoyer à Kisimii son image. Elle ne comprit pas tout de suite que c'était elle, ce personnage effrayant qui flottait dans les airs devant ses yeux.

Les jours et les nuits passés à traquer le caribou, au long desquels elle n'avait pu ni se laver ni se changer, lui avaient déjà donné un aspect lamentable. Puis elle avait dû dépecer la bête, tirer avec les mains, pousser avec les jambes, tailler, trancher, détacher la peau de la chair comme elle le pouvait. Le sang maculait jusqu'au liseré de fourrure blanche de sa capuche, figeant sa chevelure en amas de tignasse informes d'une teinte dégoûtante.

— Ouh là ! Je me suis drôlement arrangée ! s'exclama-t-elle en essuyant son visage de sa manche.

Elle comprit au passage l'effarement de la standardiste quand elle avait découvert à qui elle avait affaire.

— Je suis horrible, mais c'est le sang du caribou sur mon visage, monsieur Nanseng. Ce n'est pas moi qui ai un problème. C'est lui…

Elle dirigea le capteur vers l'homme allongé.

— Qui est-ce ? demanda le médecin.

— Alors, ça…

Elle résuma rapidement les conditions de leur rencontre, chassant les pensées qui l'auraient entraînée vers Knud chaque fois qu'elles se présentaient.

— Il est sans connaissance, conclut-elle, mais il respire.

— Bien, répondit le toubib. On va voir ce qu'on peut faire. Pour commencer, tu vas capter ses blessures en macro, que je me rende compte. Puis tu lui poseras les deux sondes.

— Mouais, marmonna-t-elle. J'espère que je vais pas trop le charcuter pour mettre en place l'intraveineuse. Je suis épuisée, j'ai les mains qui tremblent.

— T'en fais pas, tu vas bien t'en tirer, tu en as vu d'autres. Vas-y, je te guide.

Elle saisit le cylindre, en détacha la sonde sublinguale, un disque de métal de la taille d'une pièce de deux

Krønes, qu'elle glissa délicatement sous la langue de l'homme. Celle-là, c'était facile.

Mais elle appréhendait la mise en place de la sonde intraveineuse. Elle s'y attela vite, pour ne pas se laisser le temps de réfléchir.

Les mouvements nécessaires pour découper les vêtements de l'homme et dégager le pli du coude lui rappelèrent de manière désagréable ceux du dépeçage. Chaque fois que ses efforts faisaient bouger le visage blessé ou les jambes brisées, son cœur donnait un grand coup dans sa poitrine. La voix de Nanseng l'accompagnait pour qu'elle évite les manipulations dangereuses et se sente moins seule.

Une fois l'aiguille piquée dans la veine, il ne restait plus qu'à appuyer légèrement sur la petite sphère pour aspirer une goutte de sang. Le reste était automatique. Les sondes transmettaient toutes les analyses au cylindre : tension artérielle, pouls, formule sanguine, balance ionique et autres données biométriques.

Concentré sur les graphiques qui défilaient sur son écran, Nanseng s'était interrompu. Kisimii attendait. La fatigue l'assaillait par vagues. Et sous ses paupières lourdes, la sensation d'un ronronnement berçait sa fatigue. Ses yeux se fermèrent dans un bref assoupissement.

Elle en fut tirée brusquement par une idée qui avait déchiré les ténèbres.

Le ronronnement… Il venait du cylindre.

Elle enclencha la commande holøson pour avoir un rendu impeccable.

Le bourdonnement se fit plus net. La question jaillit de sa bouche :

— Vous êtes dans l'hélikø, n'est-ce pas, monsieur Nanseng ?

Le médecin ne répondit pas, seul un imperceptible mouvement de sourcils indiqua qu'il avait entendu. Kisimii se trouva stupide.

Bien sûr qu'il était dans le Faucon, en sauvetage. Elle aurait dû percuter tout de suite. Comment le seul médecin à cent kilomètres à la ronde aurait-il pu ne pas faire partie de l'équipe de premiers secours ? Et en ce moment même, il filait à toute allure vers le parc aux narvals…

— Vous savez quelque chose, toubib ?

Sa voix était implorante, un appel de détresse. Cette fois, le médecin quitta son écran des yeux.

— J'en sais pas davantage que toi… puisque je vois que tu connais déjà la mauvaise nouvelle. Nous allons bientôt arriver au-dessus du parc d'élevage. Mais pour l'heure, moi, je dois m'occuper des données biométriques de notre homme. Je peux te passer le pilote. Tu pourrais lui demander les détails de l'alerte. Ça te ferait du bien ?

Elle acquiesça avec ferveur. Nanseng hésita, puis ajouta :

— Quelque chose me chiffonne. Tu as dit que c'est un Européen…

— Oui, répondit vivement Kisimii, tout à son impatience de parler au pilote. Un Français, je pense.

— Et il n'a pas d'implant complexe ? C'est étrange que sa balise vitale ne se soit pas déclenchée lorsqu'il a perdu connaissance, non ? Un Tubørg d'intervention de son pays d'origine devrait déjà être sur place, avec toutes les autorisations nécessaires.

Kisimii hocha la tête. Nanseng avait raison. C'était bizarre.

D'un geste vif, elle dégagea les vêtements de l'homme, qu'elle avait juste rabattus pour le protéger du froid.

Au-dessous de l'omoplate, elle découvrit un petit rectangle de peau rose pâle, d'un pouce de côté peut-être, qui se détachait sur la peau mate. On avait incisé la peau à cet endroit, et on avait négligé de faire une plastie cutanée pour fermer la blessure. Sans doute avait-on tout juste vaporisé sur la plaie un jet d'Homéosmagic.

Elle laissa courir ses doigts sur la cicatrice récente, palpant le muscle. L'implant n'était plus en place.

Elle saisit le poignet gauche. Sur la protubérance scaphoïde, une mince incision rectiligne fraîchement cicatrisée, fine comme un cheveu, parcourait l'épiderme. Le fil de l'interface immat avait probablement été retiré lui aussi, mais c'était impossible à vérifier, car son alliage biocomplexe était indécelable au toucher. Kisimii renonça à chercher la trace de la connexion crânienne : elle en savait assez.

Lentement, ses yeux se posèrent sur l'étranger. Pour la première fois, elle regarda vraiment son visage. Jusque-là, elle n'avait vu en lui qu'un blessé anonyme. À aucun moment elle n'avait éprouvé pour lui de la compassion. Depuis le début, elle obéissait simplement à un devoir venu du fond des âges et qui pousse les humains – certains d'entre eux tout au moins, et Kisimiipunga faisait partie du nombre – à secourir leurs semblables quand ils en ont besoin.

Mais maintenant, c'était autre chose. Elle sentait battre en elle le désir de le voir revivre, lui en particulier, ce visage qu'elle *regardait* pour la première fois.

Elle effleura des doigts la figure au front ouvert, aux paupières closes. Une caresse maladroite qu'elle aurait voulue réconfortante.

# Chapitre VIII

*Mai 2089*

*Union européenne – État français*
*Zone sécurisée de Montpellier*
*Tour de la Direction décentralisée de la Sécurité nationale*

Il n'était pas six heures lorsque l'huissier d'étage en uniforme d'apparat ourlé de mauve, le torse barré d'un mousquet plasma-mitraille, accueillit Damien Coste par le salut réglementaire réservé aux officiers. Dans un mouvement impeccable, il fit jouer le battant de la lourde porte de la salle de réunion. Dès qu'il eut franchi le seuil de la vaste pièce, Damien sentit dans le silence feutré une gravité inhabituelle. La quinzaine d'officiers de haut vol réunis au dernier étage de la tour de la Sécurité nationale du territoire affichaient des visages tendus, tout à fait en désaccord avec la légèreté de l'heure matinale.

Manifestement, aucun d'entre eux n'avait fermé l'œil de la nuit. Installés autour de la grande table de bois précieux dans des postures un peu raides, ils ne lui accordèrent qu'un regard rapide, à l'exception de Gaufrette qui lui adressa un mouvement de tête indiquant le siège libre à côté du sien.

Damien s'installa souplement et appliqua machinalement le scaphoïde de son poignet gauche sur le sensor du poste de travail. Aussitôt, ses dossiers personnels s'affichèrent sur la console encastrée dans la table, à l'endroit où il avait pris place.

Il eut à peine le temps d'échanger trois mots avec Gaufrette que la porte capitonnée s'ouvrit à nouveau. L'huissier au mousquet se glissa dans l'ouverture, prit la pause réglementaire et annonça d'une voix solennelle :

— Monsieur le ministre d'État à la Sécurité nationale…

Le ministre déboula dans la salle comme une tornade. Devant les officiers levés au garde-à-vous, sa voix éclata comme un coup de tonnerre :

— Ah, ça, pour les salamalecs, on est fortiche ! Mais à part ça, que sait-on faire, dans cette boutique ?!

Il toisait les hommes figés avec des mouvements de tête méprisants.

— Rompez ! J'ai besoin d'officiers, pas de danseuses d'opérette qui prennent la pose !

Puis il se mit à arpenter la pièce à grandes enjambées furibardes, dédaignant la place qui lui était réservée au bout de la grande table ovale. Lorsque la porte fut refermée, il fouilla les regards dans un silence mortuaire.

— Résumé de l'affaire depuis le début, aboya-t-il.

Autour de la table, des regards indécis s'échangèrent.

— Deux points imposent cette rencontre, lança un jeune capitaine. D'une part, après l'incident qui s'est déroulé cette nuit en zone franche, il est urgent de comprendre ce qu'est devenu l'officier Diaz. Et d'autre part, en ce qui concerne le parc aux narvals, chez les Inuits… un polyv furtif va partir en opération sur les lieux séance tenante. Le prélèvement devrait se…

— Mais je rêve ! éructa le ministre en soulignant sa fureur de grands gestes. Ils tombent du ciel, ce Diaz, ce furtif, et ces foutus narvals ? J'ai demandé un résumé *depuis le début de l'affaire* ! Je dois vous apprendre le français avant qu'on puisse commencer à…

— Ça suffit ! Mettons les choses au point tout de suite, l'interrompit une voix nette.

Dans un silence de plomb, les regards se braquèrent sur Damien. Il s'était légèrement redressé sur son siège pour lancer sa réplique. Sa mauvaise humeur avait grandi tout au long du voyage dans le sonique qui l'avait ramené des Alpes, et il n'était pas prêt à se laisser traiter comme une sous-merde. Même par le ministre en personne.

Les officiers étaient estomaqués par son audace, et le ministre s'étranglait qu'on lui ait coupé la parole. Mais Damien enchaîna de la même voix nette :

— Je comprends votre colère, monsieur le ministre. Car si j'avais manqué de discernement autant que vous dans cette affaire, je nourrirais moi aussi de la colère. Contre moi-même. Et si j'avais été aussi léger que vous l'avez été, j'aurais sans doute besoin moi aussi qu'on me rappelle les détails de l'histoire depuis son commencement !

Le ministre vacillait.

— Mais… qu'est-ce que vous insinuez ? lança-t-il, essayant de masquer sa capitulation sous un ton de menace.

— Je n'insinue rien, reprit tranquillement Damien. J'affirme. J'affirme que vous avez considéré cette affaire avec une négligence coupable. Et reporter aujourd'hui la colère que vous nourrissez contre vous-même sur les officiers présents autour de cette table n'apportera pas la solution. Aucun d'entre nous ne mérite un tel mépris. Nous avons bien travaillé, avec les meilleurs résultats possibles, compte tenu des moyens étiques que vous avez débloqués sur cette affaire.

» Et puis il y a eu des coups de poisse. Personne ne pouvait les prévoir. Aucun des hommes n'est coupable. Nous sommes tous dans la même barque.

Il n'y avait pas d'agressivité dans le ton de Damien, seulement une détermination farouche. Il ne faisait pas de cadeau au ministre, mais il avait su donner à ses paroles des nuances d'ouverture.

Autour de la table, chacun soupesait les chances de l'attaque de Damien.

Ça passe ou ça casse ?

De l'électricité vibrait dans l'air immobile. Le ministre, décontenancé, se détourna vers la grande baie de verre fumé qui dominait le secteur sécurisé de la ville. Un long moment, sa silhouette massive se découpa sur les bleus de la mer et du ciel fondus dans le lointain, où son regard se perdait.

Puis, lentement, il se retourna, ses lèvres serrées creusant son visage. Et quand il leva les yeux vers ses hommes, ils surent tout de suite que ça passait.

Damien avait gagné.

— Excusez mon humeur, messieurs, lâcha-t-il. La colère ne mène à rien.

Il posa une fesse sur la table, se départant de la posture du ministre pour endosser l'habit du collaborateur.

Son regard fit le tour de la petite assemblée, s'arrêtant sur Damien avec un battement de paupières.

— Et c'est vrai, officier Coste, j'ai manqué de… de discernement. Mais c'était tellement… incroyable ! Qui aurait pu prendre cela au sérieux ?

— Toute personne qui aurait simplement fait crédit au travail de son équipe, monsieur le ministre…, répliqua Damien sur un ton davantage de dépit que de colère cette fois. Ni le désastre de l'interception ratée en zone franche ni maintenant l'improvisation d'une délicate mission polyv furtif n'auraient dû se produire. Si nous avions été suivis, si nous avions eu les moyens de travailler comme l'aurait justifié une affaire aussi grave, je suis certain que tout se serait passé de manière bien différente…

Puis il enchaîna, sans laisser au ministre la moindre chance de répondre :

— Résumons… Je vous ai informé le… (ses yeux fouillèrent sa console)… le 18 juillet 2088, il y a dix mois, donc, que l'ensemble du territoire du Groenland avait disparu de tous nos écrans de contrôle pendant plus de six secondes. Un territoire plus grand que la France, totalement évanoui, disparu dans le néant. Un gros trou noir sur toutes nos cartes de contrôle… !

» C'est dès ce moment que nous aurions dû mettre en œuvre des moyens considérables pour comprendre ce qui se passait. Le fait était assez grave.

Damien manipula sa console, et un planisphère terrestre s'afficha sur le mur d'images. Tous les visages se tournèrent vers la carte lumineuse où une zone ocre, clignotante, figurait le territoire du Groenland qui s'était évaporé dans le vide ce jour-là.

— Mais ce n'est pas tout, continua Damien. Un peu plus d'un mois plus tard, le 28 août, le même phénomène se reproduisait, mais cette fois, c'était l'ensemble du territoire de la Confédération circumpolaire qui disparaissait des écrans, pendant près de neuf secondes.

Sur le mur d'images, une vaste zone couvrant l'extrême nord du continent américain, toute la Laponie du nord de l'Europe et l'ensemble de la péninsule du Taïmyr en Asie sibérienne se colora en ocre, avec l'ensemble du pôle arctique. La zone qui avait disparu du réseau de contrôle ce jour-là clignotait sur trois continents.

— Je vous rappelle, monsieur le ministre, qu'il s'agissait de l'effacement de ces territoires de *tous* nos écrans de contrôle : satellites, sondes atmosphériques, cyrobs, station lunaire, réseau global, etc. Ce qui signifie que nous savions dès ce moment que quelqu'un avait les moyens de soustraire une zone de plusieurs millions de kilomètres carrés de tous nos écrans de surveillance et de renseignement.

Le ministre gardait ses yeux fixés sur les taches ocre clignotantes, comme s'il ne parvenait pas à les en détacher.

Son visage était blême.

# Chapitre IX

*Mai 2089*

*Kalaallit Nunaat*
*Secteur de la Combe de l'Inuksuk*

— Non ! Vous avez bien compris, toubib… Son implant a été retiré, la cicatrice est toute fraîche.

Nanseng ne répondit pas. Il réfléchissait en silence. Un Européen, désimplanté, inconscient et gisant sur un traîneau jailli du grand glacier continental, poursuivi par des loups, c'était tout simplement impossible à imaginer.

Kisimii savait que Nanseng était estomaqué par ce qu'il venait d'entendre. Si elle-même ne l'avait pas vu de ses propres yeux, elle aurait eu du mal à le croire. En attendant qu'il assimile l'inconcevable et qu'il retrouve la parole, Kisimii détailla le visage de l'inconnu, pensive.

D'où venait cette sympathie nouvelle qu'il lui inspirait maintenant ?

Elle fut troublée par l'évidence de la réponse. C'était au moment où elle avait constaté l'absence d'implant que ses premiers sentiments fraternels étaient nés à l'égard de cet homme. C'était difficile à admettre, mais elle sentait que c'était cela.

Les souvenirs défilèrent dans sa tête.

À Copenhague, lors de l'année qu'elle avait dû passer à l'université, elle avait eu l'occasion de rencontrer des implantés en grand nombre. À la frontière des mondes, les campus étaient parmi les tout derniers lieux où se côtoyaient encore des Européens issus de zones sécurisées, tous implantés évidemment, et des jeunes qui avaient été remarqués pour leurs brillantes études dans les lycées délaissés des zones franches.

La plupart de ces derniers voyaient dans l'université le seul moyen de conquérir le petit sésame logé au creux de l'épaule qui leur ouvrirait les portes d'une autre vie, en zone sécurisée, plus enviable à leurs yeux.

Mais ce n'était pas l'ambition de tous. Knud, par exemple, qui venait d'une zone franche proche de Copenhague, ne voyait dans la fac qu'un moyen d'apprendre. Le mode de vie des implantés, la protection dont ils bénéficiaient en zone sécurisée ne l'attiraient pas le moins du monde. Il aurait eu l'impression d'étouffer dans cette façon de vivre qui n'avait, à ses yeux, plus grand-chose d'humain. Enfin, plus grand-chose de l'humanité qu'il aimait… Qu'il rêvait, peut-être.

On trouvait aussi de nombreux étrangers dans les universités européennes, comme Kisimii, qui venaient là simplement pour valider leurs dernières années de thèse, puisque seuls les diplômes des universités du territoire du G30 étaient reconnus partout dans le monde.

Oui, dans les universités occidentales, de tels brassages perduraient encore. Toutefois, les étudiants ne s'y mélangeaient guère, en réalité. Ou seulement de manière superficielle. Quelques mots échangés dans un cours, dans une cafétéria, le temps d'une plaisanterie ou d'une pinte de bière de chanvre. Parfois le temps d'une nuit entre un garçon et une fille. Rarement davantage. Les liaisons durables entre les implantés et les autres étaient rares. Et quand cela arrivait, c'était le plus souvent que celui des deux qui n'était pas encore implanté avait bon espoir de le devenir très vite, et leur union était un moyen d'accélérer la procédure.

Kisimii ne se rappelait pas une connivence qui l'aurait réellement liée un jour à un étudiant implanté. Tous ses amis étaient des étrangers ou des Européens issus de zones franches. Comme Knud…

Mais Knud et elle, c'était autre chose.

En tout cas, aucun des amis qu'elle s'était faits là-bas n'avait d'implant biocomplexe au creux de son épaule.

Elle imagina Knud implanté… L'idée la fit sourire. C'était tellement invraisemblable que ça en était presque comique.

Knud, plein de vie, tenant tellement à sa liberté, aimant prendre des risques, animé de ce désir de tracer sa propre route…

Elle le revit, fièrement dressé sur sa barge, les cheveux dans le vent, filant sur la crête des vagues ; elle le revit debout sur son traîneau, le fouet brandi au-dessus de la meute, défiant la tempête ; elle entendit sa voix lui parler de liberté, de soif de grands espaces, d'aventure et de vérité, le soir, alors qu'ils étaient étendus sur un nid de fourrures devant la cheminée de leur bicoque de bois peinte de couleurs vives. Elle souriait en revoyant tout ça.

Puis son sourire se figea lentement, ses lèvres se serrèrent.

D'autres images défilaient dans sa tête.

*

— Bon, peu importent les raisons pour lesquelles cet homme se trouve là en ce moment…, trancha la voix de Nanseng, la tirant de ses pensées. Ce qui compte à cette heure, c'est de sauver ce type. Voilà ce que tu vas faire. Ce n'est pas très compliqué, tu verras…

Kisimii se ressaisit, chassa les émotions qui lui tordaient le ventre et s'efforça d'écouter le toubib.

Il indiquait les soins qu'elle pouvait apporter au blessé, en fonction du contenu de la trousse d'urgence qu'elle avait avec elle et qui était paramétrée dans son cylindre.

D'abord, elle devrait effectuer une injection de tonicardiaque, puis d'un composé ionique pour soutenir le cœur. Maintenant que la sonde était en place dans la veine, ce ne serait pas difficile. Ensuite viendrait un complexe de glucidique pour redonner des forces. Puis il faudrait vaporiser du Ventil'R pour faciliter la respiration, un antiseptique pour nettoyer les plaies ouvertes, et enfin administrer un bon antalgique pour calmer la douleur lorsque l'homme reprendrait connaissance. Car le médecin avait bon espoir de le voir se rétablir assez vite. Sa biométrie était plutôt pas vilaine, vu ce qu'il venait de vivre.

— La plaie du front est moche, mais il n'y a pas de fracture du crâne, et l'hémostase spontanée de l'ensemble des plaies semble correcte, termina le médecin. Il ne perd plus de sang. Il devrait s'en remettre. En ce qui concerne les fractures, mieux vaut attendre que je puisse les réduire moi-même. Les gestes à faire sont trop délicats pour envisager que je te téléguide.

À ces mots, Kisimii se sentit vaguement soulagée, et elle exécuta les autres consignes. Ce fut rapide.

Avec tout ça, elle n'avait toujours pas pu parler au pilote, car Nanseng avait monopolisé le cylindre pour les soins du blessé, et sa proposition lui était sortie de la tête. Kisimii jeta un coup d'œil distrait sur son cube. Maintenant, il filmait le parc aux narvals au-dessus duquel leur engin arrivait.

Remarquant qu'un lourd silence était tombé dans l'habitacle, elle regarda mieux l'image en relief retransmise. Des vues du parc aux narvals, captées depuis l'hélikø. Personne ne faisait de commentaires devant le spectacle d'apocalypse qu'ils découvraient tous ensemble à la surface des flots.

Comme dans les visions qui avaient hanté l'esprit de Kisimii, le ventre brillant de la barge renversée tranchait sur les eaux noires. Son métal était entaillé par un choc formidable, et des cadavres de narvals flottaient tout autour de l'épave étincelante, par dizaines, par centaines peut-être. En certains endroits, l'écume des vagues se teintait d'un pourpre profond qui contrastait avec la chair blanche des grands mammifères.

Tous étaient silencieux devant la vision du désastre.

Kisimii se reprit la première :

— Savez-vous comment l'alerte a été donnée, toubib ?

— La Maison du Village a capté l'appel de détresse de Knud.

— Knud ?! Il a dit quelque chose ?

Le médecin se demanda s'il devait répondre.

L'hélikø décrivait des cercles larges autour de la barge, et partout, c'était la même désolation, les corps mutilés de narvals flottant sur des crêtes d'écume rose. Un cataclysme. Un choc titanesque avait libéré une énergie effroyable, qui avait presque coupé la barge en deux parties inégales. Mais malgré la large balafre qui fendait sa coque, elle restait à flot, tanguant sur les vagues rougies. « Cette barge, c'était de la bonne ouvrage, c'est sûr », pensa la jeune fille.

— Oui, Knud a parlé sur la fréquence d'urgence, se décida finalement à répondre le médecin. Mais il n'a pas eu le temps de dire grand-chose. Tiens, j'ai l'enregistrement. Je… euh… Le plus simple, c'est que je te le fasse écouter.

Il bascula une manette, fit une recherche rapide, et la voix hallucinée de Knud s'éleva soudain. En l'entendant, Kisimii se raidit, ses poings se serrèrent sous la fourrure de loup. La liaison radio était très brève. Les mots se bousculaient dans la bouche de Knud : « *Allô, la base ? Je... C'est incroyable ! Je ne peux... Ah ! Non !... Mais qu'est-ce que c'est que cette merde ! Il va me...* »

Suivait le fracas d'un choc épouvantable qui coupait net la voix du jeune homme. Puis le silence.

Kisimii frissonna mais réussit à retenir ses larmes.

— Garde confiance, ma belle… On va le retrouver, ton Knud, poursuivit le toubib d'une voix chaude. Il avait son gilet de sauvetage. Dans le choc, le cylindre a dû lui échapper des mains et sombrer au fond du fjord. Ce qui explique le silence.

» Knud a dû dériver plus loin, porté par les courants de surface… On va le retrouver très vite.

Kisimii hocha la tête, une seule fois.

— Oui, sans doute, parvint-elle à articuler.

# Chapitre X

*Mai 2089*

*Union européenne – État français*
*Zone sécurisée de Montpellier*
*Tour de la Direction décentralisée de la Sécurité nationale*

Autour de la grande table de bois précieux, les officiers et le ministre regardaient les zones ocre clignotantes comme si elles allaient se mettre à parler.

L'image fascinante démontrait que toute une partie de la planète pouvait tout à coup, comme ça, disparaître purement et simplement de tous les écrans de contrôle.

— Nous avons informé le ministère de la répétition du phénomène, rappela Damien Coste. En soulignant les dangers du phénomène, nos rapports l'attestent. Vous saviez que la zone touchée par la disparition avait gagné en ampleur, en durée. C'est écrit en toutes lettres.

Il laissa le clignotement ocre de l'écran faire son chemin dans l'esprit des hommes avant d'enchaîner :

— Le 11 septembre dernier, nouveau rapport. La moitié de l'Australie et de l'Océanie avaient disparu à leur tour, en plus des territoires précédents, pendant vingt et une secondes cette fois !

» Et pourtant le ministère n'a pas daigné débloquer les moyens d'une enquête approfondie dans des conditions convenables. Nous avons dû travailler avec des bouts de ficelle et des élastiques de culotte.

Sur le mur d'images, à chaque nouvelle annonce de Damien, la zone ocre gagnait du terrain : l'Amazonie, la Mongolie et le Tibet, la Nouvelle-Guinée, de larges zones des Amériques et de l'Afrique clignotaient maintenant avec les autres.

Damien s'était levé pour se rapprocher de l'écran. Il se tourna vers le groupe pour poursuivre :

— Le point commun entre tous ces territoires ? Nous l'avons identifié très vite. Toutes ces parties du monde sont encore habitées par leurs peuples autochtones.

» Par les peuples qui vivent là depuis que le monde est monde, et qui ont conservé ou retrouvé un lien spirituel très fort avec la terre de leurs ancêtres. Et ils ont tous fini par obtenir leur indépendance au fil des Sommets mondiaux du dernier quart de siècle. Leur unité, esquissée au début des années 2000, s'est renforcée de manière exponentielle et leur force de même.

» Pour finir, les territoires évanouis recouvraient même *très exactement* la carte de tous les États membres de la Confédération des Nations Premières. C'est sans doute précisément à cause de cela que personne dans les hautes sphères n'a pris ces disparitions au sérieux, monsieur le ministre.

» “Oh, ce ne sont jamais que des sauvages, demeurés ou revenus à des pratiques primitives, des espèces de culs-nus qui se réunissent déguisés de costumes ridicules, et de qui on ne peut pas craindre grand-chose !” C'est ce que vous pensiez sans doute, dans les ministères.

Il y eut un flottement peuplé de froissements d'étoffe. Les fesses cherchaient une meilleure assise sur le cuir des sièges. Tension, malaise.

Une série d'expressions contradictoires glissèrent sur le visage du ministre. Puis il hocha lentement la tête, serrant les lèvres dans une moue défaite.

— C'est vrai, admit-il avec sincérité. J'aurais dû donner plus tôt les moyens d'une enquête sérieuse. Mais… mais cela ne durait qu'une poignée de secondes chaque fois. Je pensais à des incidents techniques. Comment croire que les… les Inuits puissent maîtriser une technologie capable de tenir tête aux systèmes de contrôle et de défense les plus sophistiqués de nos meilleures unités de recherche ? Comment ne pas penser à de simples dysfonctionnements ponctuels ?

Debout devant la carte du monde constellée de plaques ocre clignotantes, Damien secouait négativement la tête.

— Oh non ! Ils font bien mieux que *tenir tête*… Ils prennent la main. C'est un K.O. qu'ils nous infligent. Pendant ces disparitions, nous perdons le contrôle. Absolument tout contrôle sur toute une partie du monde. Ils montrent qu'ils sont réellement maîtres de *leur* monde.

Pour la première fois depuis un demi-siècle, un groupe de nations échappait à la surveillance planétaire du G30 qui s'était progressivement mise en place à la suite du « pacte global de libre échange » entre les premières puissances. Surveillance qui avait commencé par de simples vues satellite, d'abord, couplées aux moyens classiques du renseignement qui s'étaient modernisés du temps lointain du G5, puis par des moyens de plus en plus diversifiés au gré des avancées technologiques et de l'accroissement de l'emprise de la finance sur le monde réel.

Les regards se perdaient dans le vague. Les hommes entrevoyaient l'immensité des répercussions de l'affaire. Les certitudes vacillaient. Des abîmes s'ouvraient.

— Sans compter que le phénomène peut très bien se mettre à durer plus longtemps. Plusieurs heures. Pourquoi pas plusieurs semaines ? Des mois…

» Et imaginez que cet état de *disparition* devienne permanent… Vous voyez ce que ça donne ?

Ça turbinait dans les crânes. Ces phénomènes étaient le fruit d'une volonté. D'une volonté d'échapper au contrôle. Les contours flous d'un nouvel ordre mondial étaient en train de prendre forme sous leurs yeux, sur le planisphère coloré. Un bouleversement des données sur la planète.

Vertiges.

Damien n'en avait pas fini, il en avait encore dans sa besace :

— Si les Inuits semblent bien à l'origine de l'affaire, ils ne sont pas seuls en cause. Nous avons affaire à une espèce de… disons, une espèce d'Internationale indigène. Aussi incroyable que cela puisse paraître.

» Ces culs-nus, comme vous les appeliez lors de nos premières rencontres, dont certains chassent, aujourd'hui encore ou à nouveau, avec des arcs et des flèches aux quatre coins du monde, eh bien, ces gens-là semblent bien être parvenus à s'entendre à l'échelle planétaire. Ils ont d'abord appris à utiliser les instances internationales malgré tous les bâtons qu'on leur a mis dans les roues, puis ils ont acquis leur indépendance, sur le papier. On sait qu'ils ont obtenu, contre nos diplomates, le droit de formuler une requête solennelle lors du Sommet mondial qui débute dans quelques jours, sans que l'on en connaisse encore le contenu. Et aujourd'hui on constate qu'ils devancent de plusieurs longueurs nos labos les plus en pointe et qu'ils ont en quelque sorte le pouvoir de faire sécession d'eux-mêmes, sans nous demander notre avis. Ce qui veut dire qu'ils disposent d'un levier pour imposer au Sommet l'approbation de leur requête, quelle qu'elle soit. Mais il y a fort à parier qu'il s'agisse d'une indépendance réelle, et non plus de pur principe.

» Eh bien, ces culs-nus, monsieur le ministre, si vous voulez mon avis, ils sont en train de nous la mettre !

Le ministre se leva, fit quelques enjambées égarées dans la vaste pièce.

— Comment aurais-je pu croire une chose pareille ! lâcha-t-il finalement, se laissant tomber dans un siège éloigné de la table. C'est proprement inconcevable…

— Il ne s'agit plus de « concevoir », monsieur le ministre… ni même de croire. Mais de constater. Ce sont des faits que nous examinons, pas des hypothèses…

» L'enquête que nous avons menée démontre clairement que ces disparitions ne sont dues à aucun phénomène accidentel. Il n'y a pas de bug dans nos systèmes de sécurité. C'est certain, vérifié et revérifié.

» Ces disparitions font partie d'un plan soigneusement orchestré. Elles correspondent à une volonté délibérée d'échapper à notre contrôle. Et cette volonté est servie par une technologie qui dépasse tout ce que nous pouvons imaginer… Une technologie dont nous n'entrevoyons même pas le principe !

# Chapitre XI

*Mai 2089*

*Kalaallit Nunaat*
*Secteur de la Combe de l'Inuksuk*

Le soleil avait baissé sur l'horizon. Vingt et une heures, peut-être.

À quelques mètres de là, la dépouille du caribou semblait venir d'une autre époque, d'une autre vie, peut-être.

Kisimii songea à reprendre sa tâche pour s'occuper l'esprit en attendant que le temps passe. Isolée dans ce coin sauvage, perdue au bout du monde dans la Combe de l'Inuksuk, elle ne pouvait rien faire de plus utile.

Il fallait nourrir les chiens. Ils n'avaient rien avalé depuis le début de la traque. Elle saisit le ulu dans les plis de sa fourrure, en libéra la puissante lame courbe et la considéra, perdue dans ses songes. Il lui venait de sa mère, cet objet, qui elle-même le tenait de sa mère. Il fallait être une femme pour avoir le droit de se servir d'un couteau de ce genre. D'autres modèles étaient réservés aux hommes, mais celui-là portait une symbolique particulière, qu'elle avait la faiblesse de trouver très belle. Puissant et tranchant comme un rasoir, solide, il était tout en courbes, ne présentant aucune pointe agressive. À l'image de la femme dans la culture ancestrale des Inuits. Chargée de pouvoirs que les hommes entrevoyaient à peine, mais dont ils savaient la puissance. Elle examina son ulu pour la millième fois peut-être, et chacune de ses parties lui racontait une histoire particulière qui, chaque fois qu'elle le regardait, lui apportait des lumières sur les mystères de son monde, sur les doutes qui l'assaillaient parfois.

Le regard perdu dans ses courbes lisses, elle apprenait sur elle-même. Lorsqu'elle avait une décision à prendre, lorsqu'elle ne savait plus bien ce qu'elle devait faire, quand la vie la ballottait trop fort, lorsqu'elle était un peu trop triste, sa main fouillait sa poche et venait caresser le manche en bois de renne pour qu'il lui inspire des pensées bénéfiques.

C'est pour cela sans doute qu'on disait cet objet porteur de pouvoirs magiques. L'acier, le cuir et le bois de renne lui racontaient des choses indispensables qui lui ouvraient des portes, lui permettaient d'avancer sur sa route.

Le manche de bois de renne, poli par le contact des mains de toute une lignée de femmes dont elle était aujourd'hui un maillon.

La forte lame courbe, forgée dans l'acier, taillée et martelée dans une lame de ressort de suspension d'une vieille Jeep du XXe siècle par un homme qui, un jour, avait aimé une femme de ses ancêtres et fabriqué pour elle cet objet unique qui traversait le temps en portant leur mémoire.

Les deux rivets de cuivre qui unissaient le manche venu d'un animal sauvage et le fer venu du feu de la terre ; deux rivets de métal jaune, minuscules, mais indispensables…

L'esprit flottant dans cet ailleurs étrange et chaud venu du fond des âges, Kisimii entreprit de trancher les muscles du ventre de l'animal pour en extraire la lourde masse flasque des entrailles encore fumantes et les jeter aux chiens.

Elle commença par servir Tchatka, sa chienne de tête, et le grand alaskan aux yeux vairons, les deux chefs de meute. Ensuite, elle prépara assez de morceaux pour éviter que les autres chiens aient à se battre pour avoir leur juste part.

L'esprit encore plongé dans les songeries qu'avait éveillées le contact du ulu, elle lança un morceau de graisse avec trop de force, et suivit des yeux sa trajectoire pour voir où il allait dinguer.

Il tomba près du traîneau fantôme.

Avait-elle bien vu ? Il lui avait semblé que la main de l'homme qui pendait de la pulka s'était légèrement déplacée. Le cœur battant, le souffle retenu, elle s'approcha à pas souples, les yeux fixés sur le visage immobile, évitant les chiens qui dévoraient les viscères du caribou.

Arrivée près de l'homme, elle le détailla un long moment. Pas un frémissement sur sa peau mate. Elle laissa courir son doigt sur le visage immobile.

Elle allait s'en détourner, pensant qu'elle avait rêvé, quand un frémissement imperceptible parcourut les lèvres couvertes de gerçures noires. Il n'y avait pas d'erreur possible cette fois. L'homme était en train de revenir à lui.

« Bravo, toubib ! » pensa-t-elle.

Saisissant la gourde qu'elle portait sous son annuraak pour éviter que l'eau gèle, elle mouilla la bouche où la vie revenait lentement. Elle sourit en regardant ce visage mat piqué de barbe brune.

# Chapitre XII

*Mai 2089*

*Union européenne – État français*
*Zone sécurisée de Montpellier*
*Tour de la Direction décentralisée de la Sécurité nationale*

La porte s'ouvrit silencieusement, et l'huissier gansé de mauve s'effaça devant une hôtesse chargée d'un grand plateau garni. Tasses de porcelaine blanche, cruche de café, une autre de malt, un petit pot de crème, quelques croissants et viennoiseries diverses, jus de fruits organiques. La collation ordinaire prévue par le service d'étage pour reconstituer les énergies quand les réunions s'éternisaient.

Tout en soufflant sur son café parfumé au poivre sélim, La Gauffre entreprit de reprendre l'exposé où Damien s'était interrompu :

— Le principe appliqué dans ces « disparitions » nous échappe totalement, c'est vrai. Les gars des labos sont largués. Nos renseignements sont rachitiques. Il y a un lien entre les narvals dont les Inuits font l'élevage et la technologie mise en œuvre dans ce phénomène de disparition massive. Mais lequel ?

» C'est Diaz qui bossait sur tout ça, et ses dossiers ont disparu avec lui.

Gaufrette pianota sur sa console. Des images sous-marines de narvals remplacèrent le planisphère sur l'écran mural. Le ballet des grands poissons armés de défenses d'ivoire brassait un mystère qui répondait aux paroles de La Gauffre :

— Diaz était sur le point de découvrir quelque chose. On le sait maintenant. Mais on sait aussi qu'il nous a presque tout caché des avancées de son enquête. Et qu'il a détruit tous ses dossiers avant sa fuite. Tout est à reprendre à zéro.

Autour de la table, des visages blêmes de fatigue. Le regard de La Gauffre croisa celui de Damien. Il hésitait à dire quelque chose. Gaufrette détourna les yeux, enchaînant à peine trop vite.

— Le labo avait besoin de spécimens de ces narvals pour avancer plus vite. Nous avons envoyé un polyv furtif pour opérer le… euh… le prélèvement de quelques exemplaires.

Sur l'écran, une carène effilée jaillie de la stratosphère bondit sur la caméra à une vitesse irréelle, avant de virer sur son aile pour s'éloigner tout aussi vite, en rasant la crête des vagues. Modifiant brusquement sa trajectoire, l'engin plongea dans les eaux et y disparut sans changer d'allure, ne soulevant qu'un petit nuage d'écume. Il en resurgit presque aussitôt, comme un éclair dans le lointain, pour se fondre en un clin d'œil dans le ciel bleu d'azur.

Le vieux spot de propagande à la gloire des furtifs réalisé pour l'inauguration de leur mise en service faisait toujours son petit effet. Cet engin était incroyable.

— Nous avons lancé cette mission. Elle est en route. Mais elle est délicate. Interdiction d'être repérés : si le moindre incident survient, c'est la merde noire. On aurait l'air fin au Sommet mondial, la semaine qui vient, avec une intrusion clandestine pour voler du matériel sensible…

— Quelque chose m'échappe, objecta le ministre. Les Inuits exportent de ces poissons, il me semble. C'est même une des ressources importantes de leur économie. Pourquoi avoir pris l'option d'une intrusion clandestine à haut risque dans les eaux territoriales de Kalaallit Nunaat ? Pour barboter du poisson qu'ils vendent volontiers ?

— Les Inuits exportent beaucoup de narvals, c'est vrai. Leur chair est appréciée des fines bouches et se vend au prix fort. Et les parcs d'attractions s'arrachent ces animaux vivants, avec la longue défense qui leur donne une touche originale et la facilité de leur dressage. Leurs numéros enchantent les familles. C'est très à la mode.

» Mais les gars du labo ne peuvent rien tirer de ces exemplaires-là. Il leur faut des spécimens particuliers. De ceux sur lesquels les chercheurs inuits travaillent et qu'ils gardent précieusement dans leurs parcs d'élevage.

» Et ça, il était impossible d'en faire la demande sans dévoiler que nous savons qu'ils existent, ce qui les aurait mis sur leurs gardes.

Un bip insistant jaillit soudain de la console de l'officier supérieur La Gauffre.

— Désolé, je dois prendre. C'est l'aérobase. Ce doit être le premier rapport du furtif en mission polaire.

Gaufrette passa en interne pour ne pas déranger ses collègues. Mais tous gardèrent les yeux braqués sur lui, en silence. Pour que les gars de l'aérobase osent interrompre une réunion en présence du ministre…

— Comment ça, perdu le contact ? s'écria Gaufrette.

» La mission est bien partie à l'heure prévue, non ? Il devrait être sur place maintenant.

» Dès que vous avez du nouveau, connectez-moi en urgence.

Un silence poissa quelques secondes, puis le ministre s'éclaircit la gorge et lança d'une voix un peu trop forte :

— Eh, merde ! Je vous le disais bien que cette mission était délicate ! J'aurais aimé être informé avant qu'on la déclenche…

Une respiration profonde remit un peu d'ordre dans sa tête. Il avait fort déconné lui-même, depuis des semaines. Il ne pouvait pas se payer le luxe d'une sortie saignante.

Il reprit d'un ton bien éloigné de la sérénité qu'il aurait aimé afficher :

— Allez, avançons. Voyons… Quelles sont les chances pour que cette *Internationale indigène*, comme vous dites, envisage de nous nuire ? questionna-t-il avec un regard appuyé vers l'officier responsable du renseignement – appellation qui avait remplacé depuis belle lurette l'ancien nom des services d'espionnage.

L'homme répondit sans hésiter une seconde :

— Les rapports de nos agents concordent avec nos observations récentes. Rien ne permet de dire que la Confédération des Nations Premières nourrisse la moindre intention belliqueuse. Rien. Ils ne préparent pas de guerre, si c'est ce que vous vouliez dire.

— D'accord, ils ne préparent pas de guerre, coupa l'officier délégué aux questions militaires ; mais pour ce qui est de nous nuire… c'est autre chose ! Comprenez, bon sang ! La Confédération des Nations Premières a le pouvoir d'échapper à notre contrôle ! C'est pas une simple « nuisance ». C'est un sacré coup dur porté à notre domination politique et militaire. Une menace pour l'équilibre du monde.

— Pour l'équilibre de *notre* monde, corrigea songeusement le ministre.

Enfoncé dans son siège, il fit disparaître son visage entre ses mains dans un silence étrange.

Bien sûr, les moins cons savaient ça depuis des lustres, qu'il y avait d'autres ordres du monde possibles. Mais qu'un ministre l'admette en public, ça sortait de l'ordinaire. D'autant que les échos songeurs de sa voix prononçant « *notre* monde » laissaient comme un doute. À ce moment-là, pensait-il que ces autres mondes pourraient bien advenir un jour, et qu'ils ne seraient pas nécessairement pires ?

Il y avait dans ce doute largement de quoi fabriquer un silence.

Il fallait que ce soit lui qui le rompe, ce silence que sa réplique avait fait naître. Il le savait. Il se précipita sur la première idée qui lui traversa la tête :

— Et ce Diaz, maintenant. Qu'est-ce que c'est que cette histoire de bavure dans la zone franche ?

Les sites d'holovision en font des gorges chaudes, les réseaux sont en ébullition. Mais pourquoi pensez-vous que sa disparition soit liée à l'autre affaire ?

Il n'y avait que Gaufrette pour répondre, c'est lui qui avait dirigé l'opération catastrophique.

— Le drame de la zone franche, j'ai… nous avons joué de malchance. Et le lien entre les affaires… c'est un peu compliqué… À cause de la disparition de Diaz, justement. C'est lui qui… Enfin, je vous l'ai dit tout à l'heure, il…

Il s'embrouillait.

Biiip, biiip, biiip. L'appel sur sa console où une diode rouge s'était mise à clignoter aurait pu le sauver. Mais une sueur froide lui perla au visage. Décomposé, il prit la communication.

Son regard se figea un instant, puis il s'éteignit. Ses traits s'affaissèrent.

Eh, merde…

Il serra les yeux très fort dans une grimace. Puis se voila le visage de la main pour échapper au regard des hommes. Il écouta encore quelques phrases sans qu'un souffle soulève sa poitrine.

Ensuite, ses yeux hagards glissèrent sur ses collègues pendant une éternité minuscule. Avant de s'échapper à travers la grande baie de verre fumé alors qu'il prononçait d'une voix morte :

— Le polyv s'est crashé dans les eaux du fjord de Qeqertaq…

## Chapitre XIII

*Mai 2089*
*Kalaallit Nunaat*
*Secteur de la Combe de l'Inuksuk*

Un appel. Sur le cylindre. Le cœur de Kisimii tapa des coups sourds dans sa poitrine. Nanseng ? Qui d'autre, à vingt-deux heures ? « Des nouvelles de Knud ! » pensa-t-elle.

Quittant l'homme blessé, elle bondit vers le cylindre.

Ce n'était pas Nanseng. Un appel de Nuuk, la capitale. De son laboratoire de recherche. Comment l'avaient-ils retrouvée là ? Ah, oui… Ils avaient dû essayer de la joindre sur sa console, au labo. Comme elle ne répondait pas, ils avaient essayé la Maison du Village. Où on leur avait donné l'identifiant du cylindre.

— Bonjour, Kisimiipunga, lança une voix qu'elle reconnut tout de suite.

C'était Sakkarah, le directeur des recherches nationales. Un personnage important. Dans un autre pays, on aurait dit « le ministre de la Recherche », mais en Kalaallit Nunaat, on fonctionnait avec une organisation très différente, calquée sur la culture inuite où la notion d'État n'existait pas, et où celle de chef était très particulière.

Quoi qu'il en soit, Sakkarah était sympathique à Kisimii. Elle appréciait l'humanité qu'il dégageait en toute circonstance.

Dès ses premiers mots, elle sut que l'étiquette n'était pas de mise. Aussi, elle le salua respectueusement, mais elle fut heureuse de pouvoir se dispenser du traditionnel protocole réservé aux anciens, qu'elle trouvait fastidieux, interminable et inutile.

— J'irai droit au but, assena la voix de Sakkarah. J'ai besoin de te voir, le plus vite possible.

— Le plus vite possible… ce ne sera pas très rapide, répondit-elle avec un sourire triste. Je suis à une journée de traîneau de Qeqertaq et…

Tu n'as pas bien compris, Kisimii… Je veux te voir *tout de suite*, en personne, ici même, à Nuuk. Pas en image sur cette saleté de machine.

La voix était péremptoire. Il y eut un déclic dans l'esprit de Kisimii. Il y avait un rapport direct entre cet appel et l'accident du parc aux narvals, elle en était sûre, ça ne pouvait pas être une coïncidence.

Jusque-là, elle n'avait pas fait le rapprochement entre son programme de recherche sur les grands cétacés et l'accident du fjord. Mais avec cet appel, ça tenait de l'évidence : ils étaient liés.

Jamais le directeur des recherches ne lui avait dévoilé d'indication précise sur la finalité du segment de travail dont elle avait la charge. Mais il aurait fallu qu'elle soit stupide pour ne pas comprendre que les applications de ses recherches étaient tout à la fois très importantes et éminemment secrètes.

Car si elles n'avaient pas été importantes, le minuscule labo de Qeqertaq dont on lui avait donné la responsabilité après sa thèse n'aurait jamais obtenu les moyens considérables dont elle avait besoin pour mener à bien son programme.

Et si elles n'avaient pas été éminemment secrètes, si les applications concrètes qui en découlaient n'avaient pas été strictement confidentielles, son directeur n'aurait pas fait tant de mystères. Il lui en aurait fatalement lâché trois mots un jour ou l'autre.

Kisimii avait compris cela depuis longtemps, dès sa prise de fonctions. Mais en savoir plus ne lui importait guère. Aussi, elle continuait à jouer la nunuche qui ne mesure pas très bien l'intérêt de son travail. Ça avait l'air d'être ce qu'on attendait d'elle. Et elle n'était pas du genre à s'en formaliser. Au fond d'elle-même, elle avait confiance en Sakkarah. Elle savait qu'avec lui le résultat de ses travaux nourrirait nécessairement une cause juste.

— Alors, voilà, reprit Sakkarah, tu vas immédiatement demander l'hélikø de Qeqertaq pour ton transport à Nuuk. Priorité nationale. Qu'il se mette en route toute affaire cessante. Il faut que tu sois dans mon bureau dans moins d'une heure.

Une boule d'angoisse sauta furieusement à la gorge de Kisimii. Son cœur donna un grand coup dans sa poitrine, puis s'arrêta de battre.

— Non, articula-t-elle d'une voix ferme. Ça, c'est impossible !…

Elle savait que Sakkarah avait le pouvoir de réquisitionner l'hélikø en cas de force majeure, mais elle était portée par une détermination farouche.

Le directeur des recherches insista :

— Mais si, c'est possible. Tu vas voir… J'envoie sur-le-champ un ordre de réquisition et l'hélikø suspendra la mission en cours pour te transporter à Nuuk de toute urgence.

— Non ! C'est justement ça qui est impossible, s'entendit-elle aboyer d'une voix qui ne dissimulait rien de sa panique. Quelles qu'en soient les raisons, c'est hors de question ! L'hélikø va continuer sa mission, vous pouvez me croire !

Elle était résolue, les mots giclaient de sa bouche avec l'énergie d'un torrent de débâcle. Jamais elle ne laisserait quiconque interrompre les recherches au-dessus du parc aux narvals. Même pas Sakkarah. Jamais. Pas avant qu'on ait retrouvé Knud, en tout cas.

— Je vous préviens, poursuivit-elle avec la même rage, si vous essayez de faire ça, je… je me tranche la gorge d'un trait de ulu ! Et votre fichu hélikø vous ramènera mon cadavre ! Ça vous sera bien utile !

Elle perdait tout contrôle.

Un long silence lui répondit. La fureur n'était pas le meilleur moyen de servir sa cause.

Elle rassembla ses esprits, prit une longue inspiration pour calmer ses idées bouillonnantes. Puis d'un ton plus calme, elle exposa la situation, vue de son petit coin de banquise : Knud, les sentiments qui les liaient, l'accident, l'hélikø en mission de sauvetage, l'homme blessé…

Quand elle eut fini, Sakkarah hésita. Il avait écouté avec attention, et trouvé de l'intérêt dans les paroles de la jeune fille.

Ce Knud, dont Kisimiipunga parlait avec tant de fièvre, pourrait bien donner des renseignements précieux sur l'accident qu'il avait vécu en direct, pour peu qu'on le retrouve vivant.

Et cet Européen désimplanté tout droit sorti du néant l'intriguait. Il avait quelque chose à voir dans cette histoire, d'une manière ou d'une autre, c'était couru d'avance. Peut-être lui aussi aurait-il des choses à lui apprendre, s'il reprenait conscience.

— J'étais au courant pour l'accident, dit-il. Et c'est même à ce sujet que je veux te voir, en quelque sorte. Mais je n'avais pas envisagé le problème sous cet angle. Ton récit m'ouvre des portes, Kisimii…

Il fit une courte pause, comme s'il réglait des détails dans sa tête. Puis il reprit :

— Eh bien, c'est d'accord, j'envoie un sonique de Nuuk pour venir te prendre, avec une unité de réanimation à bord pour ton mystérieux bonhomme.

Kisimii attendait davantage.

— Et il y a autre chose, continua l'homme. L'hélikø de ton village pourra continuer l'opération de sauvetage.

Cette fois, le cœur de Kisimii pouvait se remettre en marche. Il battait la chamade quand elle entendit l'homme poursuivre :

— Je vais dégotter des moyens de secours supplémentaires à envoyer sur le fjord. Je te promets qu'on va le retrouver, ton ami. Nous tenterons l'impossible pour le sauver. J'y tiens autant que toi.

» Je vais aussi mobiliser les urgentistes de l'hôpital national de Nuuk, mettre le bloc opératoire en état d'alerte. Je vais faire tout ce qui est possible, et au-delà, même. Tu as ma promesse.

Kisimii savait ce que valait cette parole. Du solide.

— Merci, c'est… c'est vraiment chouette ce que vous faites, laissa-t-elle tomber, emplie d'une reconnaissance qui lui aurait tiré des larmes.

— En échange, je ne demande qu'une chose : dès que le sonique arrive à la Combe de l'Inuksuk, tu sautes dedans sans perdre une seconde.

Elle acquiesça, puis céda à la curiosité qui devenait trop forte maintenant qu'elle avait évité le pire :

— Pourquoi tenez-vous à me voir si vite ? C'est si grave ?

Sakkarah répondit de mauvaise grâce, ne livrant que la partie des explications qui pouvait transiter par les ondes, toujours sous la surveillance du filet de contrôle du G30. Elle écouta sans perdre une miette. Mais à un moment, elle ne put s'empêcher de lui couper la parole.

— Quoi ? s'écria-t-elle. Quelqu'un s'est introduit dans le terminal du labo de Qeqertaq ? Sur ma console ? Pour pirater mes résultats de recherches ?

» Difficile à croire. Mes algorithmes pare-feu sont balèzes. Il faudrait un sacré fortiche pour les forcer. Et j'ai verrouillé chaque fichier avec des intelliciels inviolables.

— Ça suffit, coupa sèchement la voix de l'homme. Je suis sûr de ce que j'avance. Quelqu'un est parvenu à s'introduire sur ta console, point. C'est une certitude. Même si je ne sais pas encore quels fichiers il a pu ouvrir, on sait qu'il les a tous copiés.

» Oh, et puis zut ! Le temps presse. Nous poursuivrons cette discussion de vive voix. Je t'attends.

Cette fois, c'était sans réplique. Elle hocha la tête et articula :

— Comptez sur moi. Envoyez votre sonique.

*

L'Européen reposait sur la pulka, dans la même posture. Il semblait dormir dans la lumière pâle de la nuit boréale qui ne tombe jamais complètement au mois de mai.

Elle se souvint alors qu'il semblait vouloir revenir à lui lorsque l'appel de Nuuk avait absorbé toute son attention.

Sur le visage mat, les paupières s'étaient légèrement entrouvertes. L'homme était parvenu à replier un bras sur sa poitrine, que son index désignait d'un faible battement.

Elle accourut auprès de lui. Ses lèvres remuaient. Elle pouvait voir ses yeux noirs à travers les paupières mi-closes. Il avala sa salive avec difficulté, sa pomme d'Adam remonta sur son cou et sa bouche frémit à nouveau, de manière plus nette.

Cette fois, Kisimii put verser une gorgée d'eau entre les lèvres noires de gerçures qui s'étaient entrouvertes. L'homme toussa. Le liquide vaporisé tomba sur le sol où il se transforma aussitôt en glace. Trop tôt pour boire.

Mais une lueur était née dans son regard sombre. Il voulait dire quelque chose. Un souffle parvenait à franchir sa bouche. Kisimii approcha son oreille.

Les mots inarticulés lui parvinrent faiblement, presque inaudibles :

— Moi… pénétré… console… laboratoire…

L'homme avait entendu la conversation avec Sakkarah.

Abasourdie par les mots murmurés, Kisimii mit plusieurs secondes à comprendre ce qu'ils voulaient dire.

## Chapitre XIV

*Mai 2089*

*Union européenne – État français*
*Zone sécurisée de Montpellier*
*Palavas-les-Flots – Cafétéria* Le Dauphin, *front de mer*

— Tu savais depuis longtemps que Diaz avait franchi la ligne ?

Gaufrette leva le nez de la daube de taureau *à la gardianne* qu'il chipotait du bout de la fourchette. Il hochait la tête.

— *Yes*, Dam. J'ai fait partie de la commission qui a examiné sa candidature d'entrée à l'école d'officiers de la Sécurité nationale, il y a douze ans. Né dans la zone franche, de parents non implantés. Et non implanté lui-même à l'origine, en conséquence.

» Mais des études brillantes, élève remarqué, beaucoup de mérite. À l'époque, ce type de recrutement était encore monnaie courante. Les résidents des zones sécurisées ne se bousculent pas pour être flics, vu que la plupart des interventions se passent en zone franche depuis que les implants ont rendu quasiment impossible toute délinquance du côté sécurisé. Toute violation des lois est désormais déjouée à l'avance. Ça oui, ils sont en sécurité, les citoyens des zones sécurisées…

» Les flics sont devenus les seuls implantés à devoir se colleter avec la racaille des zones franches. Et tu sais combien l'idée de traîner ses bottes là-bas peut déplaire aux implantés de naissance…

Damien avait décroché : il savait tout cela mieux que personne. Gaufrette s'en rendit compte, arrêta sa tirade. Un instant, les deux hommes mastiquèrent leur viande en silence.

La réunion du matin avait finalement duré une bonne partie de la journée, et ils sentaient vibrer une tension qui donnait à leur conversation un rythme singulier, sautant du coq à l'âne. Dans un long soupir contrarié, Damien s'essuya le coin des lèvres et repoussa son assiette avec une grimace.

— Dégueulasse ! Qu'est-ce que je donnerais pas pour m'empiffrer une *vraie* gardianne.

— C'est peut-être ce que s'est dit Diaz, après tout ! plaisanta Gaufrette. Peut-être bien qu'il voulait juste se taper une vraie gardianne, tranquille. Une exigence des gènes… Tu sais qu'il trimballe des origines gitanes ?

— Comment ne pas le savoir ? À l'entendre, on croirait que c'est un titre de gloire ! Mais au fait, t'es sûr que c'est son implant qu'on a retrouvé sur le cadavre de ce type du bar, après le dérapage d'hier soir ?

— Aussi sûr qu'on ne trouve plus de vraie gardianne qu'en zone franche ! Au diable les normes d'hygiène et la nourriture sécurisée…

Gaufrette fut secoué par un rire nerveux silencieux. Lorsqu'il se rendit compte que sa remarque était tombée à plat, il enchaîna très vite.

— Sérieux, Dam… L'implant qu'on a retrouvé sur ce type a été bidouillé, c'est sûr. Les codes bio et les paramètres-balises ont été modifiés, mais les gars du labo de biomatique ont trouvé assez d'infos à la racine de l'encodage pour l'identifier de manière définitive comme l'implant de Diaz. Garanti pur sucre.

» Ensuite, il a été réimplanté clandestinement sur un caïd de la zone franche qui voulait franchir la ligne, et qu'on a pris pour Diaz. C'est un toubib marron spécialisé dans ce trafic qui s'est occupé des opérations.

— Du bon boulot, ce maquillage ?

— *Yes, Sir*. On peut pas mieux faire. Sauf dans les unités officielles d'implantation et d'encodage. Y a qu'eux qui aient le matos pour bosser sur les racines biocomplexes. Le gars qui a trafiqué cet implant est un sacré balèze.

— Comment t'as pu loger son signal, si c'était si bien fait ?

— En balayage de routine, les cyrobs n'y auraient vu que du feu. Et le gars qui portait l'implant bidouillé de Diaz aurait franchi la ligne les doigts dans le nez. Il aurait pu s'installer comme résident dans la zone sécurisée sans le moindre problème. Et travailler n'importe où… Dans un job ordinaire où les contrôles ne sont pas poussés à l'extrême. Ou même être rentier, pour peu qu'il en ait eu assez à gauche. Le paramétrage était parfait, et le créditait d'un joli pactole.

Toutes les informations encodées dans les terminaux correspondants ont été synchronisées pour coller avec le paramétrage de l'implant, en cas de contrôle. Jusqu'au paiement du moindre jus de fruits dans un drugstore.

— C'est-à-dire ?

Gaufrette le regarda, incrédule, la fourchette suspendue à mi-chemin de sa bouche.

— C'est-à-dire ? T'es con ou quoi ? Tu le sais bien…

— Et alors… comment t'as réussi à loger le signal, puisque c'était impossible avec un bidouillage si bien fait ? T'as pas répondu.

» Me prends pas pour un âne ! Si un type a été capable de créer de toutes pièces le vécu d'un personnage fantôme dans tous les terminaux, depuis la maternité où il a poussé son premier cri jusqu'au dernier boulot en date en passant par l'achat du moindre bouton de culotte dans un drugstore, et de zouiller tout ça au nez et à la barbe des cyber-robots… eh bien, ce type aurait pu sans problème effacer toute trace des données concernant Diaz sur ces mêmes terminaux. C'est beaucoup plus facile. Et ça aurait supprimé toute possibilité d'enquête sur sa disparition. Pourquoi ne l'a-t-il pas fait ?

La Gauffre termina son geste et porta enfin à sa bouche la fourchette qu'il avait tenue tout ce temps suspendue dans les airs.

Gaufrette mastiqua un long moment, son regard songeur posé sur Damien.

— Pourquoi ? Qui peut dire ? fit-il d'une voix évasive. Et pour ce qui est de loger le signal, disons… disons que j'ai eu de la chance.

— Joue pas au con, Gaufrette ! lança Damien qui commençait à se mettre vraiment en rogne. J'ai pas voulu lever le lièvre pendant ton exposé avec le ministre, ce matin, mais tu me la feras pas ! Pas à moi. Tu sais quelque chose que tu gardes pour toi.

Damien ponctua sa réplique d'un regard assassin par-dessus la table. Pendant la réunion, il avait bien vu que Gaufrette trimballait le ministre. Mais il ne supportait pas qu'il cherche à le duper, lui.

— Si tu m'embrouilles, je laisse tomber tout de suite. Tu te dépatouilleras tout seul de ta merde !

Gaufrette laissa tomber sa fourchette. Elle tinta dans son assiette. Il fixa Damien un instant avec une moue lasse, puis laissa filer son regard vers la mer, où il flotta un long moment en silence. La lumière qui baissait faisait virer sa surface presque immobile vers des tons sombres. Le soir commençait à tomber.

Un observateur extérieur aurait pu croire que, les yeux dans les vagues, Gaufrette rêvait, regrettant simplement comme tout le monde que l'on ne puisse plus s'y baigner depuis belle lurette. Croire qu'il se laissait aller à la nostalgie des souvenirs des baignades de son enfance, avant 2054, avant l'attentat de l'hydrocentrale de Marcoule qui avait contaminé le Rhône, puis les golfes du Lion et de Gênes…

Mais l'observateur aurait eu tort de croire cela. L'esprit de Gaufrette était à mille lieues de la douceur des souvenirs d'enfance.

— D'acc, Dam, je vais jouer franco, cartes sur table, laissa-t-il tomber comme s'il parlait pour lui-même. Je ne t'ai rien dit jusque-là parce que c'est une impression que rien n'étaye… C'est pour ça que j'ai fermé ma gueule. Mais voilà : j'ai le sentiment que

Diaz préparait sa disparition de longue date. Et qu'il nous a laissé volontairement quelques pistes. Mais cette hypothèse est difficile à croire, et je voulais recouper davantage avant de te dire quoi que ce soit…

— Quoi ? Laissé volontairement des pistes ? Pour quoi faire ? Pour qu'on le retrouve plus vite, peut-être ? Ça tient pas debout !

— Je te l'ai dit : c'est difficile à croire. D'autant que je sais bien peu de choses, en réalité. En fait, je n'ai pas vraiment de « pistes », ce n'est pas le mot juste. Je sais pas comment dire…

» Bon, voilà les faits, ce sera plus simple : Diaz a effacé beaucoup de choses dans les logs des terminaux. Plein de trucs dont il ne reste pas la moindre trace. Mais il a laissé quelques bricoles qu'il aurait été facile d'effacer avec le reste. Il a choisi. On dirait un jeu de piste. Une espèce de message compliqué à déchiffrer qu'il aurait voulu nous laisser pour expliquer sa disparition. J'ai l'impression qu'il a tout fait pour qu'on ne remonte jamais jusqu'à lui, mais qu'on finisse quand même par connaître un jour ou l'autre les raisons qui l'ont poussé à disparaître.

La Gauffre posa les yeux sur Damien, et tomba sur un visage fermé, sceptique.

— Par exemple, précisa Gaufrette pour être plus clair, il a fait une enquête, je veux dire une enquête solo, pour sa pomme, en dehors des heures de service. Et tu sais sur quoi ? Sur le rapport entre les narvals et les disparitions des territoires sur les écrans de contrôle. Impossible de savoir sur quoi il est tombé. Il a tout effacé au fur et à mesure. Tout, sauf la trace de quelques connexions sur des plates-formes montées par des allumés des zones franches ou de pays tiers du monde, sur des forums paumés dans des coins perdus du réseau global. Il lui aurait été facile de les effacer aussi. Et personne n'en aurait rien su. Les balayages de routine des cyrobs n'avaient rien trouvé de louche à ce qu'un officier de son rang se connecte à de nombreuses reprises à ce genre de sites. S'il avait effacé les logs de ces connexions comme il a effacé le reste, personne n'aurait jamais pu faire le lien entre sa disparition et l'enquête sur les narvals. Personne…

— Moralité : il voulait qu'on sache qu'il a trouvé quelque chose. Mais qu'on ne sache surtout pas quoi. C'est ça ?

La Gauffre haussa les sourcils et les épaules d'un mouvement parfaitement synchrone. C'était à peu près ça, oui. Mais il n'avait pas la moindre idée de la raison qui avait poussé le Gitan à agir de la sorte.

— T'en as beaucoup des comme ça, Gaufrette ?

La serveuse en tunique d'été qui s'était approchée en silence leur présenta le facturier. Damien fit mine de régler la note, mais La Gauffre retint son bras.

— Laisse, c'est pour moi. Je te dois quelque chose pour t'avoir arraché à tes montagnes.

— Si tu crois t'en tirer comme ça…

La Gauffre présenta son poignet à la serveuse qui appliqua le facturier sur le scaphoïde. La voix de synthèse de son implant lui grésilla aux oreilles : « *Virement de huit eurollars et quinze cents débités au profit de la cafète...* » Il interrompit le compte-rendu d'opération vocal en effleurant le fil interface.

La fille aux jambes bronzées jeta un coup d'œil au facturier, et lança un sourire à Gaufrette avant de s'éloigner.

— L'été va si bien aux filles…, soupira-t-il lorsqu'elle se fut éloignée. Je rêve d'être garçon de plage. Ça, c'est un métier !

— Comment t'as dégotté les défauts sur les racines d'encodage de l'implant ? interrogea alors Damien sur un ton apte à le faire redescendre de ses rêves de plage.

— Je te déteste ! rétorqua Gaufrette, les yeux toujours fixés sur la fille qui rentrait dans la cafète où l'enseigne néon venait de s'allumer. T'as que le boulot dans ta vie ?

Le regard de son ami lui rappela l'appel du vallon du Sélé. Il était bien mal placé pour faire cette remarque.

— D'acc ! J'ai…

Gaufrette s'interrompit soudain, un geste péremptoire de sa main imposant à Damien de se taire. Il était connecté en prioritaire. Pendant une quinzaine de secondes, il resta ainsi, le regard perdu dans le lointain, l'index figé dans son geste, concentré sur sa connexion.

— OK, lança-t-il enfin à l'intention de son interlocuteur. Laisse-nous le temps de trouver un coin tranquille pour visionner les séquences.

Puis le bras qu'il avait laissé suspendu en l'air depuis le début de la courte connexion se baissa soudain, son regard redevint mobile.

Il exultait, soudain.

— Bingo ! lança-t-il à son collègue en se levant d'un bond.

— Diaz ?

— *Yes, Sir !* s'écria joyeusement Gaufrette avec un geste enjoignant à Damien de le suivre.

Ils se dirigèrent d'un pas vif vers l'auto de service, Gaufrette expliquant avec enthousiasme :

— À tout hasard, j'avais mis deux cyrobs en balayage sur le réseau, avec le signalement anthropométrique de Diaz et la carte numérisée des reliefs de son visage programmée sur les intelliciels en reconnaissance optique. Et tu sais quoi ? C'est ça qui a fait bingo !

— Les cyrobs sont tombés sur quelque chose ?

— Un peu, mon neveu ! Une connexion au réseau datée de cet aprèm, vers seize heures. Avec deux séquences holo attachées en annexe… Et elles correspondent parfaitement à la fiche anthropo de Diaz. Les visages ont été comparés sous toutes les coutures, ça colle pile-poil identique… C'est bien lui, il est sérieusement amaigri, mais il n'y a pas de doute.

— Après avoir réussi à monter tout ce foutu bazar nickel chrome, il serait assez naze pour se laisser loger aussi connement ?

— C'était une connexion au réseau d'urgence médicale. C'est pas lui qui l'a émise ; lui, il est inconscient sur les images. Et accroche-toi bien. Origine GPS de la connexion : 72°12'03" de latitude nord – 52°25'58" de longitude ouest ! L'ouest du Groenland, mon pote ! Le Groenland, Qeqertaq, les narvals ! Ça te dit quelque chose ? Tu parles d'une coïncidence ! La connexion a été abandonnée sans suite, malgré la réponse d'une unité commerciale d'urgences médicales implantée en Corée unifiée… Ce coup-ci, y a pas à tortiller, c'est bien lui, pas son fantôme !

Ils se glissèrent souplement dans la voiture banalisée. Aussitôt installé, Gaufrette jeta un coup d'œil à la ronde, puis il effleura son scaphoïde, pianota sur l'immat et obtint sa connexion en quelques secondes.

— Allez, envoyez la sauce !

Un holocube s'afficha alors sur le tableau de bord. Le visage mat de Diaz, maladroitement capté, se mit à flotter devant eux. Diaz, sur fond de neige, les yeux fermés, le corps jeté en travers d'un traîneau, les jambes brisées, le front barré d'une balafre noire bien moche et le visage mangé de barbe. Mais c'était bien lui.

Gaufrette se massa le menton d'un geste machinal dicté par la surprise. Puis ses lèvres se mirent à murmurer :

— Oh, putain… T'en voulais, de la neige, Dam ? Eh bien, tu vas en bouffer ! Plus que tu croyais, sans doute…

# Chapitre XV

*Mai 2089*

*Kalaallit Nunaat*
*Secteur de la Combe de l'Inuksuk*

Dès qu'il eut prononcé les mots presque inaudibles que Kisimiipunga avait dû deviner sur ses lèvres, l'homme perdit à nouveau connaissance.

Sa tête, qu'il avait relevée de manière imperceptible, retomba sur le composite de la pulka, et son index, avec lequel il avait essayé de désigner sa poitrine, redevint immobile.

Kisimii posa ses doigts sur sa gorge. Elle trouva un pouls régulier, paisible, un peu faible. Il semblait dormir.

Elle leva les yeux vers le soleil qui frisait l'horizon, vers le sud. Il ne se couchait plus depuis une semaine. Maintenant, il allait continuer à s'enfoncer lentement sous la ligne de glace. Puis il commencerait à remonter tranquillement et son disque rouge incendierait à nouveau l'horizon comme un feu de Bengale. Il serait minuit passé à l'heure solaire. La seule qui avait une importance aux yeux de Kisimii.

Un instant, elle profita du miracle de ces rayons d'un rouge presque vif qui embrasaient le monde de glace bleutée.

La lumière rasante étirait démesurément les ombres. La moindre colline, le moindre rocher allongeait des ombres irréelles qui tranchaient sur la lumière opaline de l'air et les reflets de la glace.

— Nous entrons dans un jour nouveau, jeune homme ! dit-elle en considérant le blessé endormi. C'est bon signe pour toi ! Une belle journée va naître…

Ainsi, songea-t-elle, l'homme avait entendu sa conversation avec Sakkarah, tout à l'heure, où il avait été question des intrusions dans ses données au labo. Elle agita la tête de droite à gauche. Tout se télescopait dans sa tête. Les choses allaient trop vite, partaient dans tous les sens.

D'abord, cet homme nimbé de mystère venu de nulle part. Il n'y avait rien dans la direction d'où avait surgi la pulka folle. Rien, sur des centaines de kilomètres. Rien qu'un amas de glaciers luxuriants serrés les uns contre les autres. Un univers hostile, sans vie, où les Inuits eux-mêmes ne s'aventuraient jamais. À l'autre bout de l'inlandsis, la côte est du Groenland. Mais entre les deux, il n'y avait rien, que des montagnes de glace entrecoupées de séracs sans fond et de crevasses ouvrant sur des abîmes.

Ensuite, il y avait eu cette étrange coïncidence. L'homme était revenu à lui au moment même où

Sakkarah appelait pour lui apprendre qu'il y avait eu un piratage de son système informatique.

Kisimii se tourna vers l'étranger.

— Et dès que tu peux ouvrir la bouche, Homme-sorti-du-néant-que-j'ai-sauvé-des-loups, les premiers mots que tu parviens à prononcer, c'est pour m'expliquer que c'est toi qui t'es introduit clandestinement dans ma console pour pirater mes données !

En suivant le fil de ses pensées, elle secoua de nouveau la tête. Cet enchaînement était du délire. Trop de choses invraisemblables, accrochées les unes aux autres en une guirlande indéchiffrable.

Elle se souvint alors des deux sacs au fond de la pulka. Elle commença à les fouiller méthodiquement.

Dans le gros sac, il y avait du matériel de survie sur glacier. Un duvet-abri compressible, un réchaud à hydrogène et sa popote, quelques textiles de protection de rechange, et des petits sachets brillants qu'elle mit un moment à identifier comme des rations de survie à base de gelée nutritive. Quelques traits de cordages composites, identiques à ceux de l'attelage de la pulka, deux briquets, un stylo, un paquet de semoule Ferrero, un peu de poisson séché, quelques sachets de thé, du chocolat en tablettes et six morceaux de sucre. Mais rien qui lui apprît quoi que ce soit sur l'homme.

Le petit sac contenait un pistoplasma de fabrication fino-helvétique SIG-Tikka. La réserve de munitions montrait que l'arme n'avait pas servi depuis son approvisionnement. Elle trouva aussi un jeu de cartes topographiques de précision – au 1/25 000 –, qui couvrait l'ensemble du sud du Groenland, d'une côte à l'autre, ainsi qu'une petite boussole magnétique.

L'homme ne voulait laisser aucune trace numérique. Il y avait encore quelques bricoles sans intérêt dans ce sac ; et bien peu de lumière sur les mystères de cet homme blessé.

Rien qui ressemblât à un document d'identité, pas le moindre moyen de communication, et surtout…

— Te gêne pas, Kisimiipunga, fouille dans mes affaires !

La voix n'avait été qu'un souffle, mais son effet fut celui d'un coup de tonnerre. L'homme l'avait appelée par son nom !

Lentement, Kisimii tourna la tête. Il n'avait pas changé de place, mais ses yeux s'étaient ouverts, et un sourire fatigué réchauffait son visage piqué d'échardes brunes. Une respiration difficile soulevait sa poitrine. Il essaya de dire autre chose, mais il se mit à tousser, et il cracha les glaires que l'inconscience avait accumulées au fond de ses bronches. Immédiatement, sa respiration redevint plus facile.

Cette fois, Kisimii parvint à le faire boire. Il avala plusieurs gorgées, avec peine.

— Je ne sais pas pourquoi je me donne tant de mal pour un pirate, lui lança-t-elle tout en maintenant la gourde d'une main et sa tête de l'autre.

Il répondit d'un sourire et la jeune Inuite ne put s'empêcher de le lui rendre. Ils restèrent ainsi pendant plusieurs secondes, sans rien dire, comme ceux qui viennent de surmonter ensemble une épreuve pénible.

— En tout cas, reprit Kisimii, on peut dire que tu reviens de loin, toi !

L'homme hocha la tête, et son mouvement lui tira une grimace.

— Quel jour on est ? demanda-t-il en reposant sa tête sur la pulka.

La jeune fille dut réfléchir. L'avalanche d'événements qui avait suivi la mort du caribou lui avait fait perdre le fil du temps.

— Heu… Lundi 2 mai 2089, je crois.

Puis, jetant un regard sur le soleil qui remontait à l'horizon, elle ajouta :

— Depuis plusieurs minutes déjà…

L'homme eut une mimique surprise.

— Presque quarante-huit heures dans le cirage ! Saleté de pont de glace…

— Un pont de glace s'est effondré à ton passage ?

L'homme hocha vaguement la tête.

— J'en sais rien… J'ai dû attaquer un sérac pour éviter un détour de plusieurs heures. Ensuite, j'ai juste le souvenir du sol qui se dérobe, et d'une chute suivie d'un grand choc. J'ai cru tomber dans une rimaye. Mais ce n'était pas ça. Sinon, les chiens n'auraient jamais pu se sortir de là… Mais toi, qu'est-ce que tu fais là ?

Kisimii avala de travers une gorgée d'eau de sa gourde.

— Quoi ? Ce que je fais là ?! Moi ? Tu manques pas d'air… Ce serait plutôt à toi de donner des explications, il me semble !

Elle désigna la dépouille du grand caribou d'un mouvement de tête en poursuivant :

— Moi, j'étais en train de terminer ma Première Chasse quand ta pulka est apparue à l'horizon, poursuivie par des loups.

— Poursuivie… par des loups ?

Kisimii lui raconta rapidement l'épisode. Le regard incrédule de l'homme glissa sur la vieille carabine Enfield qui dépassait de son traîneau. Il avait du mal à croire que l'on puisse abattre un loup en pleine course avec une antiquité pareille.

— Au fond, tu m'as sauvé la vie deux fois… c'est ça ?

Elle rit.

— Non ! Je t'ai évité deux manières de mourir différentes… Mais toi, tu ne serais mort qu'une seule fois, de toute façon !

Les yeux brillants de malice, elle dégusta l'effet de sa plaisanterie sur le visage de l'homme avant de relancer :

— Tu es qui ? Tu sors d'où ?

L'homme cessa de sourire, et une moue grimaçante déforma son visage.

— C'est compliqué…

Il parvint à amener sa main jusqu'à son menton qu'il massa un instant, semblant se demander par quel bout commencer, puis il dit d'une voix hésitante :

— Je te connais bien, si tu ne me connais pas. Je sais plein de choses de toi, Kisimiipunga.

» Kisi, c'est le nom que ta mère t'a donné à ta naissance.

» Et Miippunga, qui signifie "Je suis seule", c'est le Conseil de Village qui te l'a donné, parce que tu n'avais plus de famille pour le choisir quand est venu le moment de te donner ton nom d'enfant. Et Taamusi Qumaq, le chef coutumier du village, est devenu ton parrain.

» Ton nom d'adulte, c'est toi-même qui le choisiras quand tu auras accompli ta Première Chasse…

» Tu vois, je sais plein de choses, sur toi, sur ton peuple. Je me suis introduit dans tes données. Sakkarah avait raison tout à l'heure. Et je l'ai fait bien plus souvent qu'il ne le pense. Mais c'était pour de bonnes raisons. Enfin, c'est vite devenu pour de bonnes raisons, disons…

La jeune fille arrondit des yeux incrédules. Comment savait-il *aussi* que c'était avec le directeur des recherches qu'elle parlait tout à l'heure ?

Il enchaîna avant qu'elle n'ait le temps de le questionner :

— C'est bien avec Sakkarah que tu parlais la première fois que je suis revenu à moi, non ?

Elle acquiesça, cherchant à se donner une contenance, et son regard tomba sur un sachet de gelée nutritive qui brillait sur le sol. Il avait dû tomber là quand elle avait fouillé dans les sacs. Elle le ramassa machinalement et le glissa entre ses mains pour qu'il tiédisse.

— Au début, poursuivit l'homme, quand je vous ai entendus parler en me réveillant, j'ai cru que je délirais. C'était trop incroyable de tomber sur toi de cette manière…

» Mais j'ai vite compris que c'était bien ça, que je n'étais pas plus dingue que d'habitude. Que tu étais bien cette Kisimiipunga dont je piste la trace depuis des semaines sur les fils du réseau.

» Et, vu ce que j'entendais, j'ai pigé que l'homme à qui tu parlais ne pouvait être que Sakkarah, votre directeur des recherches, avec qui tu travailles sur l'Esquive…

— Hum… C'était bien avec Sakkarah que je parlais, en effet…, dit Kisimii avec une moue dubitative.

Mais j'ai jamais entendu parler de… de l'Esquive ? C'est bien ce que tu as dit ?

L'homme secoua la tête, il ne la croyait pas.

— Kisimii ! Garde tes salades. Je suis bien placé pour connaître ton sujet de recherche. Je sais très bien que tu as monté le labo de Qeqertaq spécialement pour bosser sur l'Esquive… Ne me raconte pas d'histoires.

Kisimii écarquillait les yeux, et il dut se rendre à l'évidence : elle ne comprenait réellement rien à ce qu'il voulait dire.

— Ça suffit, maintenant ! explosa-t-elle, lassée de se justifier. Pour qui tu te prends ? L'Esquive, l'Esquive… C'est toi qui esquives mes questions ! Tu vas me dire d'où tu sors ! Je veux comprendre… Tu me dois bien ça !

Tout en parlant, Kisimii avait découpé un coin du sachet de gelée. Elle le tendit à l'homme avec une bienveillance qui contredisait l'emportement de son ton.

Il la remercia d'un regard et commença à aspirer de petites gorgées de la pâte douceâtre. Ses explications s'émaillèrent de bruits de succion :

— D'accord, je vais commencer par le début. Mon nom est Diaz, Manuel Diaz. Je viens de France, où je suis… enfin, où *j'étais* officier supérieur à la Sécurité nationale.

» J'enquêtais sur l'Esquive, et c'est comme ça que je suis tombé sur toi. L'Esquive, c'est une opération complètement délirante, tricotée depuis des mois par tes amis de la Confédération des Nations Premières.

Kisimii ne le contredit pas. Elle n'était pas à proprement parler amie avec les gens de la Conf des Nations Premières qui militaient pour les droits des peuples autochtones de la Terre, mais elle en avait rencontré quelques-uns, l'année où s'était tenu à Nuuk le rassemblement annuel de la Conf. Et elle était parfaitement en accord avec leurs revendications. Quel Inuit, quel Aborigène ne serait pas d'accord pour que son peuple retrouve ce droit naturel perdu depuis si longtemps ? Pour qu'il retrouve la liberté de jouir pleinement de son territoire, de vivre sa culture ?...

Elle ne contredit pas l'homme, plutôt flattée qu'il ait pu croire qu'elle connaissait personnellement ces gens de la Conf pour qui elle nourrissait une véritable estime.

— L'Esquive, continua l'homme, c'est une opération de grande échelle, à laquelle tu participes sans le savoir, manifestement, et qui est en train de changer la face du monde, de réduire en poussière la domination militaire et le contrôle total de la planète par les forces du G30.

» Et qui permet d'y échapper de manière radicale... Ils menacent tout bonnement de disparaître de la carte du monde, de tous les écrans de contrôle de la planète, si la requête solennelle qu'ils feront au prochain Sommet n'est pas validée par les pays du G30 et les autres pays tiers !

D'un seul coup, Kisimii comprit. L'homme ne délirait pas.

Elle vit soudain son programme de recherche sur les narvals sous un angle qu'elle n'avait jamais imaginé. Il pouvait tout à fait avoir un rapport avec cette fameuse Esquive que Diaz était en train de décrire.

Vues sous ce jour nouveau, les équations de ses recherches en physique fondamentale, tirant plus loin la théorie des cordes en extrapolant des données de mécanique subquantique, pouvaient même se trouver à l'origine du principe utilisé par l'Esquive. Si c'était bien le cas, l'Esquive était une application pratique des théories qu'elle construisait dans le labo installé sur son bout de banquise.

Tout à coup, elle réalisa l'importance capitale des implications pratiques de ses recherches. Son labo perdu dans un coin inaccessible était le lieu idéal pour des recherches aussi secrètes. Et elle-même, la candidate idéale : une toute jeune chercheuse à la fois assez brillante pour porter ce projet toute seule ou presque, et assez naïve pour ne pas trouver étrange la facilité avec laquelle les autorités acceptaient les énormes budgets nécessaires à l'avancée de ses travaux.

Cette découverte la laissait interdite.

# Chapitre XVI

*Mai 2089*

*Union européenne – État français*
*Zone sécurisée de Montpellier*
*Aérobase de Petite Camargue (Candiargues)*

La Gauffre avait conduit la voiture banalisée à toute allure sur la route qui reliait Palavas à Candiargues. Il était encore largement au-dessus de la vitesse autorisée quand ils pénétrèrent dans les tunnels de l'aérobase de Petite Camargue. Durant tout le trajet souterrain – presque deux kilomètres –, les bandes de signalisation rouges et blanches, les casemates des vigiles plantés tous les cent mètres avaient défilé dans un train d'enfer. Chacun des plantons aurait eu la possibilité d'activer le déclenchement d'un blindage indestructible qui aurait obstrué le tunnel si l'identifiant du véhicule n'avait pas été validé par l'intelligence artificielle qui gérait la sécurité du site.

Lorsqu'ils arrivèrent à leur destination, la lumière vive et blanche qui inondait les abords des installations de la base fit cligner les yeux des deux hommes.

L'auto pila devant les épais blindages métalliques qui protégeaient encore l'entrepôt des polyvs.

— Tu vas t'ouvrir, espèce de machine imbécile ?! lança Gaufrette en fusillant du regard le capteur qui était censé identifier ses fréquences vocales.

Le planton de service dans la casemate de droite la plus proche tourna légèrement la tête dans sa direction et le regarda d'un air bizarre.

Aussi sec, Gaufrette lui brandit un doigt rageur qu'il agita avec hargne, et l'homme détourna aussitôt la tête.

L'officier avait les nerfs en pelote. Damien le regarda fugitivement. Pas le moment de perdre son sang-froid… Les contrôles d'accès aux zones secrètes étaient toujours interminables. Rien d'anormal à ça.

Il y eut un long temps pendant lequel aucun des deux hommes ne dit un mot. Ils ressassaient les communications qu'ils avaient eues avec la tour de la Sécurité pendant le trajet cafétéria/aérobase. Damien depuis la console de bord de la voiture, La Gauffre en interne sur son implant, chacun avait pris des communications différentes.

Au fur et à mesure des informations qui tombaient pêle-mêle, ils les échangeaient à voix haute. Une espèce de confusion baroque s'était glissée dans le montage en super-urgence de cette opération, qui avait usé les nerfs des deux officiers. Leurs esprits vibraient d'une fièvre désagréable qu'ils sentaient aussi courir sur leurs membres.

— Bienvenue, officier supérieur La Gauffre, répondit enfin la voix de synthèse de l'identification vocale… Identification valide, accès autorisé.

Les lourdes portes s'ébranlèrent avec un feulement gras.

— Cette fois, il a foncé, le ministre ! lança Gaufrette sur un ton qui rassura Damien.

Au fond, ces colères que La Gauffre laissait exploser contre des bricoles étaient sa façon d'évacuer le surplus de stress, de conserver la tranquillité intérieure nécessaire pour les choses importantes.

— Tu parles ! répondit Damien. Il était bien temps qu'il se bouge… Et maintenant, il faut filer vite, vite. Une opération pareille montée en tout juste une heure !

» C'est pas lui qui s'y colle, évidemment ! À nous de rattraper les pots de fleurs qui tombent ! Pfff… Quelle chiotte !

— Au fait, Dam… On part sous quelle formule d'équipage ? T'as eu les infos ?

— La COOPUR-3$^3$. Configuration opérationnelle d'urgence type 3 x 3 : un trio *commandes* pour le pilotage, un trio *commando* pour les opérations militaires et un trio *scizhums*[1], un juriste, un spécialiste du renseignement et un psy, pour nous casser les couilles !

Gaufrette pinça les lèvres en une espèce de grimace impossible à interpréter, et il engagea l'auto dans l'ouverture qui s'était dégagée entre les lourdes portes.

Lorsqu'ils passèrent devant lui, le planton en uniforme donna le salut réglementaire réservé aux officiers, le poing serré sur la poitrine. Mais dès que la voiture l'eut dépassé, il déplia discrètement son majeur

1. Pour « sciences humaines ».

jusqu'à ce qu'il se dresse et, un sourire satisfait accroché aux lèvres, il l'agita discrètement en direction des feux arrière qui s'éloignaient.

*

Dans l'immense entrepôt, l'activité était en veilleuse à cette heure de la soirée. Seule une zone du fond, à trois cents mètres peut-être, concentrait tout le remue-ménage d'une équipe de technicos s'affairant autour d'un polyv furtif assiégé d'un maquis de passerelles métalliques. Tout comme celui qui s'était abîmé dans le parc aux narvals du fjord de Qeqertaq, celui-ci ne portait aucune immatriculation, un anonymat assez illusoire puisque sa technologie même signait sa provenance.

Dans un halo de lumière vive qui contrastait avec la pénombre baignant le reste de l'entrepôt, l'engin qui allait les emporter brillait d'un éclat terne. Une trentaine de technicos armés de consoles portables testaient les connexions, les circuits, les électrovannes, les calculateurs de propulsion et de trajectoire.

Les plaques de protection thermique encore entrebâillées laissaient apercevoir des équipes entières vérifiant les entrailles cybermécaniques qui grouillaient dans le ventre de la machine.

Tout en roulant au pas vers le polyv en préparation, Gaufrette détaillait cette organisation impeccable. Manifestement, le cabinet du ministre avait bien fait la leçon… Après la disparition du premier furtif, il tenait à assurer pour la suite. Chaque boulon était contrôlé, chaque composant vérifié, chaque connexion testée plutôt trois fois qu'une.

La voiture s'immobilisa à la frontière du halo de lumière éclatante, et les deux hommes restèrent un instant absorbés par le ballet huilé de cette ruche futuriste. Ils avaient roulé vite, et maintenant ils étaient en avance. Le trio *cube* n'était pas encore sur place.

Enfin quelques minutes de calme pour faire le point sur cette situation qui s'était emballée.

— On est juste, hein…, lança finalement Damien en sortant de ses pensées.

Gaufrette hocha la tête.

— *Yes*, Dam, juste de chez juste.

— On sait pas trop où on fout les pattes…

— Diriger un furtif, c'est déjà coton… Un équipage flashé et gavé de Speedrone, qui réfléchit et réagit vingt fois plus vite… Et c'est toi qui donnes les ordres… Et le Groenland, putain, t'y as déjà foutu les pieds, toi ? Tu parles d'un théâtre d'opérations à la con.

— D'autant que, dans ce théâtre-là, si la pièce est mauvaise, c'est nous qui nous ramasserons les tomates sur la tronche.

Gaufrette hocha la tête.

— Des citrouilles, Dam. Des citrouilles et des enclumes.

Ils se turent, évaluant mentalement les difficultés de leur mission, leurs chances de réussite. Tout s'était passé très vite. Le ministre avait décidé en quelques minutes de lancer la mission. À l'instant même où il avait appris que les cyrobs avaient intercepté cet appel d'urgence où l'officier Diaz apparaissait inconscient sur fond de banquise.

— Récupérer Diaz…, souffla Gaufrette, suivant une autre idée qui filait dans sa tête.

— C'est lui qui a les clefs de cette affaire maintenant. Il faudrait des semaines pour reconstituer pas à pas toute son enquête… Et on a que quelques heures !

— Sûr, Dam, il faut le récupérer, avant qu'il finisse par faire du grabuge. Avant le Sommet mondial de la semaine prochaine, en tout cas. Mais putain, quelle idée de se tirer dans ce bled à la con, à se geler les miches…

» Et maintenant, à nous d'aller dépatouiller l'affaire ! C'est bien un coup tordu quand même.

— Tiens, en parlant de coup tordu…, le coupa Damien. T'as pas fini ce que tu étais en train de me dire tout à l'heure.

» Diaz aurait volontairement laissé une piste, c'est ça ?

— J'en sais rien, Dam, dit La Gauffre, empêtré. C'est peut-être des idées. Mais ce qui est en train de se passer semble bien…

— Allez, accouche ! Pas le moment de jouer aux devinettes.

— Ben, voilà mon raisonnement. Essaye de suivre…

» Voilà, Diaz débusque une info qui lui met la puce à l'oreille : il y aurait un lien entre les narvals et la disparition des territoires, OK ? Alors, il ouvre une enquête. Normal. Une enquête officielle, qui ne livre soi-disant rien ou presque, des broutilles, pendant plusieurs semaines. Ça, déjà, c'est pas dans ses habitudes, mais bon, OK. À la limite, rien à dire, la faute à pas de chance.

» Mais il y a un hic. C'est que les traces fossiles de ses logs montrent qu'il a effacé de ses mémoires de stockage, en mode 35 couches de zéro, un tas de choses en rapport avec cette affaire. Alors…

— Alors…, continua Damien en se programmant la diffusion d'un nicotinoïde de synthèse sur l'interface de son implant ; alors, il a mené une enquête clandestine, dont il a voulu garder tous les résultats pour sa pomme. C'est ça ?

— C'est à ça que je pense. Il a trouvé des choses, c'est sûr, puisqu'il les a effacées. S'il y a passé quinze jours, c'est que c'était des choses intéressantes.

— Et suite à ça, il organise sa disparition. Il va même jusqu'à se faire désimplanter, et… il file aussi sec au pôle Nord !

Les deux hommes échangèrent des mimiques entendues.

— Ben, faut pas chercher midi à quatorze heures, conclut Damien.

— Et ça, tu me sortiras pas de la tête que c'est en rapport avec le sang gitan qui coule dans ses veines. Inuits, Indiens, Gitans, tu vois une grande différence, toi ? On aurait dû se méfier de lui, oui…

Damien changea d'assise sur son siège. Chaque fois qu'il était confronté à cette aversion si courante chez ses semblables envers les non-implantés, il était mal à l'aise. L'implantation était la nouvelle frontière que le sentiment raciste des humains avait trouvée pour s'exprimer. Il en trouve toujours une.

— Bon, c'est vrai, poursuivait Gaufrette sans percevoir le malaise de Damien, j'ai pas grand-chose pour appuyer cette thèse, et c'est pour ça que j'en ai pas parlé au ministre. Mais c'est une intuition tenace.

La façon de vivre des Gitans, à l'origine, dans leur culture traditionnelle, elle est quand même plus proche de celle des Indigènes que de nous autres, non ? La roulotte, rien branler, vivre de l'air du temps, tout ça…

Là, Damien hocha imperceptiblement la tête. Cette idée de Gaufrette n'était pas totalement stupide. On pouvait même trouver des similitudes entre les cultures roms des Gitans et celles des Nations Premières. Elles reposaient toutes sur des valeurs de base très différentes de celles des pays du G30.

— Et puis, tiens, imagine tout ce qu'il a appris en douze années de service comme officier supérieur à la Sécurité nationale d'un État membre du G30. S'il en fait profiter ces fêlés de la Conf, je te promets que ça va…

Quelque chose vibra sur la console de bord de l'auto, lui coupant la parole. Une communication entrante.

— Damien Coste, j'écoute…

La Gauffre pianota sur l'immat pour suivre la conversation.

C'était une fille des écoutes. Le cylindre d'où était parti l'appel de détresse où l'on voyait Diaz cet aprèm avait été réactivé. Une liaison en holovision, encore, mais avec Nuuk cette fois. Du bâtiment officiel du gouvernement de Kalaallit Nunaat. La communication était brouillée, et en attendant que les décrypteurs l'aient passée à la moulinette, on savait seulement qu'elle avait duré huit minutes et trente-trois secondes.

Mais cette indication à elle seule confirmait déjà les doutes.

— Je te dis que c'est ça ! vociféra La Gauffre quand Damien eut raccroché. Je te dis qu'il est passé de l'autre côté, le con ! Et qu'il est déjà en liaison avec le gouvernement de Kalaallit Nunaat – quel nom à la con entre nous ! Ils auraient pas pu continuer à s'appeler Groenland, comme tout le monde ?!

— Tu délires, Gaufrette… Il était dans le coma, cet aprèm. Tu crois qu'il aurait eu le temps de ressusciter aussi vite que le Christ, de contacter le gouvernement depuis sa banquise avec un cylindre trouvé sur place, et de s'être fait dérouler le tapis rouge pour…

— N'empêche, il y a bel et bien eu cette communication… S'il arrive à entrer en contact avec eux, et s'ils l'écoutent, ça va faire un de ces grabuges !

Un sifflement feutré avait couvert la fin de sa phrase. Un Voloto civil aux vitres mercure s'arrêtait à côté de leur voiture.

— Tiens, notre trio *commandes* se radine…

Deux hommes et une femme en combinaison bleu pétrole, la couleur du trio de pilotage, descendaient de la voiture. Les deux hommes semblaient encore groggy. Les yeux de Damien se fixèrent tout de suite sur la fille moulée dans la combinaison fluide aux reflets bleu sombre. Elle avait de la grâce. Dans ses yeux noirs dansait une lumière. Ses lèvres tatouées en rouge pâle dessinaient un sourire tranquille qui ressortait sur sa carnation blanche.

Pour éviter à son esprit de s'égarer, Damien s'essaya à deviner quelle pouvait bien être la fonction de la créature dans le trio *commandes* qui piloterait l'appareil.

## Chapitre XVII

*Mai 2089*

*Aérobase de Petite Camargue – Entrepôt des furtifs*
*Zone à accès réservé*

La fille leur jeta un coup d'œil et contourna le Voloto pour venir toquer à la vitre de Gaufrette, apportant à Damien la réponse à la question que son esprit avait déjà noyée sous des considérations moins service-service.

— Bonjour, messieurs, je suis la commandant Cath Vinzel, et je vais essayer de piloter cette chose sans faire trop de casse, plaisanta-t-elle en désignant le polyv baigné de lumière.

Elle leur adressa un sourire qui avait l'air sincère avant de poursuivre en inclinant légèrement la tête :

— Officiers La Gauffre et Coste, je présume…

Serrant son poing sur sa poitrine, elle esquissa brièvement le salut réglementaire réservé aux officiers supérieurs.

Damien fut saisi par l'expression qu'elle avait réussi à donner à ce simple geste. La Gauffre n'avait vu là qu'un salut ordinaire, un peu bâclé peut-être, mais Damien y avait perçu un je-ne-sais-quoi qui en disait des tonnes, soigneusement dosé par des capacités psychiques vingt fois supérieures à la normale. Une espèce de flou calculé, une imperceptible retenue dans le geste qui semblait vouloir dire : « Je vous accorde ce salut, je suis à vos ordres, soit. Mais il y a au fond de moi ce qu'il reste de mon âme, des débris peut-être, mais je tiens à ces débris plus qu'à toute autre chose… Et sur cela qui demeure mien, ni vous ni personne n'aurez jamais la moindre prise. »

Tout cela avait filé dans l'esprit de Damien. Il chercha le regard de la fille, le trouva. Ils se fixèrent un instant minuscule, et là, dans ses yeux, il vit danser une lueur qui lui répéta d'une autre manière tout aussi insaisissable ce que le corps de la fille venait d'exprimer par le geste.

Elle détourna le regard avec une esquisse de sourire. Dans les yeux de Damien, elle avait lu, elle, qu'il avait saisi un peu de ce qu'elle n'aurait jamais osé ni su dire, bien incapable qu'elle était de le formuler de manière claire.

Cela sembla lui plaire.

Les deux hommes s'étaient glissés hors de l'auto. Damien tanguant d'un pied sur l'autre, ils échangèrent quelques mots sur l'opération avec la pilote leader du trio, comme l'indiquaient les deux barrettes jaunes sur sa combi bleu pétrole.

Cath maîtrisait le dossier. Non seulement le plan de navigation qu'elle avait déjà programmé était impeccable, avec toute une arborescence de solutions secondaires propres à débrouiller les aléas les plus imprévisibles, mais elle avait aussi parfaitement en tête toutes les ramifications du maquis touffu que devenait cette affaire.

Elle s'était débrouillée pour que, dans les quelques mots qu'elle avait lâchés à propos de Diaz, de la « disparition » des Nations Premières, de l'accident du furtif, on mesure la précision et la finesse de la vision d'ensemble qu'elle avait du problème.

— Votre flash mémoire est remarquable, lança La Gauffre.

Le ton avait brutalement chuté à la fin de la réplique : avant d'avoir fini de la prononcer, il regrettait déjà qu'elle lui ait échappé. La fille sourit à nouveau, dans une nuance un peu plus tropicale. Lui, elle ne l'aimait pas. Et l'idée de détester ce type lui plaisait encore davantage.

— Je suis un bon sujet, lâcha-t-elle en accrochant à son sourire fabriqué une touche indéchiffrable. Mais je n'ai aucun mérite. Mon cerveau répond parfaitement au flash. J'ai été sélectionnée dès l'école des officiers sur ce critère purement physiologique pour devenir pilote.

Damien était scotché par son aisance. Contrairement à ses deux collègues qui se tenaient un peu en retrait près du Voloto, elle ne présentait aucun des symptômes qui suivaient généralement les chargements de mémoire flash.

Damien fit un rapide décompte. La décision de lancer l'opération avait été prise il y avait à peine plus d'une heure. Il était donc certain que la fille sortait tout juste de sa séance au sas. Et elle se portait comme un charme, l'œil vif, l'esprit alerte.

— Le reste de l'équipe va arriver, poursuivit-elle. Les trios *commando* et *scizhums* en avaient presque terminé avec le chargement quand j'ai quitté le sas de flash mémoire.

— C'est désagréable ces séances, à ce qu'on dit, répondit Damien.

La fille haussa les épaules.

— Il faut le faire. Ça fait partie du boulot. Mais, je vous l'ai dit, j'ai de la chance. Je suis un bon sujet. Peu d'effets secondaires… Après les chargements en tout cas.

Damien se demanda ce que l'on pouvait ressentir quand la conscience se chargeait ainsi d'une mémoire de synthèse, d'informations programmées par des machines, et qu'on possédait, pour quelques heures, des franges de mémoire venues de quelqu'un d'autre.

— On dit que parfois la vraie mémoire personnelle du suj… euh, de la personne en pâtit, commença-t-il. Dans le sas de sortie, au cours du déchargement du flash, certains véritables souvenirs s'effacent avec les données flashées.

La Gauffre lui jeta un regard de travers. La fille baissa le visage pour cacher le voile qui glissait sur son regard. Elle parvint à lui répondre avec un naturel désinvolte :

— Cela se produit parfois, en effet…

La Gauffre coupa court à cette conversation qui menaçait de devenir dangereusement personnelle.

— Quoi qu'il en soit, trancha-t-il d'un ton définitif, cette histoire de flash mémoire, c'est bien pratique.

Depuis une quinzaine d'années, le flash mémoire était utilisé en routine, pas de quoi en faire un fromage, tel était son avis. Certes, une manipulation délicate des connexions neuronales de l'implant complexe était nécessaire pour générer cette mémoire artificielle, mais c'était la seule façon d'avoir à tout moment la rapidité de décision nécessaire au pilotage d'un furtif en mission.

Et puis, dans le sas de sortie flash, les souvenirs de synthèse étaient effacés – une autre manipulation délicate –, et les membres de l'équipage oubliaient tout des informations secrètes qu'ils avaient manipulées pendant quelques heures. Ils retrouvaient en principe leur mémoire naturelle intacte. Et par-dessus le marché, de retour de mission, ils bénéficiaient d'un temps de repos variable en fonction de la gravité des éventuels effets secondaires du flash de sortie, le plus difficile à maîtriser. Et ils étaient grassement payés pendant ce temps où ils se tournaient les pouces…

Non, vraiment, Gaufrette n'était pas près de s'apitoyer sur les états d'âme des pilotes.

Un flottement avait parcouru le petit groupe, un malaise diffus, peut-être, et chacun s'était tu pour ne pas risquer de le cristalliser par un mot mal choisi, une intonation mal comprise. Les regards s'étaient tournés vers les passerelles encerclant le furtif, où l'activité déclinait au fur et à mesure du bouclage des contrôles. D'où La Gauffre pouvait-il tirer ce tranchant de glace ? Au fond, Damien s'était toujours senti plus proche de Diaz, de son humanité, de sa compassion pour les humains qui filtrait souvent de la carapace de flic qu'il avait su se construire. C'était la première fois que Damien se formulait aussi clairement les choses.

Cette idée, venue à ce moment particulier, le plongea dans un grand trouble.

Les deux compagnons de Cath avaient peu à peu retrouvé bonne forme, et ils les rejoignirent près de la voiture. Leur arrivée dissipa le malaise. Quelques mots légers s'échangèrent. Pour l'équipage, le moment était venu d'aller prendre place dans la cellule de commande et de commencer les paramétrages.

— On doit y aller, dit Cath avec un sourire.

Elle fit un pas vers l'appareil, mais s'interrompit pour lancer gaiement :

— Nous allons vers la lumière, messieurs. C'est bon signe…

Puis elle tourna les talons et se dirigea vers le polyv. Après quelques mètres, elle tourna la tête pour vérifier l'effet de ses paroles. Damien et La Gauffre étaient restés immobiles, un peu figés. Ils n'avaient pas compris le sens de ses paroles.

Un éclat de malice pétilla dans les yeux noirs de la fille. Sans changer son allure, elle désigna le nord d'un geste ample.

— Dans moins d'une heure, nous franchirons le cercle polaire… À cette époque de l'année, le soleil ne se couche jamais sous ces latitudes.

Damien et La Gauffre avaient complètement zappé ce détail de l'histoire.

# Chapitre XVIII

*Mai 2089*

*Kalaallit Nunaat*
*Secteur de la Combe de l'Inuksuk*

Sur la ligne d'horizon, le soleil remontait nettement.

La lumière baignait d'un jour neuf les chiens endormis en boule à même la neige, la carcasse du caribou à demi dépecée, le traîneau de Kisimii et la pulka sur laquelle reposait l'homme.

Il poursuivait ses explications, tétant de temps à autre le coin déchiré du sachet de gelée.

Kisimii l'écoutait, mais son esprit avait du mal à suivre. Ses révélations lui ouvraient mille portes qui menaient son esprit dans autant de directions différentes.

Peu à peu, elle s'était faite à l'idée que son travail sur les narvals était bel et bien à l'origine de cette extraordinaire Esquive.

Ses travaux étaient partis du fait que les narvals résistaient bien mieux que les autres animaux marins à la pollution des mers par les métaux lourds, qui avait commencé au XX^e siècle pour dépasser le seuil vital au milieu du XXI^e. Depuis plusieurs années, des chercheurs inuits avaient mis en évidence que l'organisme de ces grands mammifères concentrait le mercure et le plomb dans une petite cavité osseuse de leur encéphale, logée à la naissance de leur défense d'ivoire, au lieu de les laisser se répandre en empoisonnant l'ensemble de leur organisme, comme c'était le cas pour les autres espèces.

C'était là le cœur du sujet de recherche de Kisimii, car les chercheurs inuits s'étaient vite rendu compte que ces quelques grammes d'alliage de mercure et de plomb, concentrés près du cerveau des narvals à cet endroit précis, avaient parfois de singulières conséquences, de par la proximité avec l'espèce de boussole biomagnétique située dans les couches supérieures de leur cortex cérébral, et qui guidait les spécimens sauvages lors de leurs grandes migrations.

Les modifications magnétiques induites par la présence de l'alliage de métaux lourds rendaient certains narvals, dans des circonstances précises, totalement invisibles aux sonars des bateaux de pêche. C'est l'observation de ce phénomène par les marins pêcheurs de son village qui avait donné à Kisimii l'idée de ce sujet de recherche. Elle avait convaincu Sakkarah de débloquer assez d'argent pour financer le labo qu'elle avait tenu à monter à Qeqertaq même, pour rester près de l'élevage. Il avait fait du montage de cette unité une opération prioritaire. Elle comprenait pourquoi, maintenant.

Le directeur avait placé toute sa confiance en Kisimii, et elle ne l'avait jamais déçu. Depuis deux années, elle avait beaucoup progressé dans ses découvertes. Elle était même parvenue à isoler des individus capables de « disparaître », et à les faire se reproduire entre eux.

Elle avait ensuite pu vérifier que leurs descendants manifestaient la même caractéristique que leurs parents : dès que la concentration de métaux lourds devenait suffisante dans leur encéphale, ils devenaient à leur tour, dans les mêmes circonstances, parfaitement invisibles aux radars, aux sonars et à tous les instruments de détection marine. La mutation se transmettait par voie héréditaire.

Après quelques errements, Kisimii avait cerné le principe du mécanisme qu'avait créé cette mutation. Et, un an plus tôt, à force de systèmes d'équations à équilibre audacieux et de matériel technique de pointe, elle avait réussi à faire « disparaître » de la même manière une pièce de deux Krønes en reproduisant les mêmes conditions biomagnétiques en miniature dans son laboratoire.

Sakkarah avait manifesté un vif intérêt pour cette réussite.

Mais de là à faire disparaître des continents entiers de la carte du monde… il y avait de la marge. Ses collègues chercheurs des labos centraux de Nuuk avaient dû mettre les bouchées doubles pour en arriver là, ou trouver une transposition du principe de base qu'elle avait mis en lumière.

Kisimii laissa flotter un regard songeur sur Manuel Diaz. Il reprenait rapidement du poil de la bête.

Il venait d'avaler coup sur coup le contenu de deux sachets de gelée nutritive et arrivait maintenant à boire seul avec son bras valide. Il aurait presque semblé bien, s'il n'y avait eu sa jambe cassée qui partait de traviole. Et il nourrissait cette conversation qui filait à cent à l'heure avec une aisance surprenante.

Ils avaient tellement de choses à s'apprendre l'un à l'autre… Tout se tenait, mais chacun ne connaissait qu'une partie de l'histoire. Chaque fil de la conversation s'embrouillait avec d'autres ; chaque fois qu'ils essayaient d'en suivre un, ils se retrouvaient vite à devoir parler d'un autre aspect de l'affaire.

Un peu en vrac, un peu dans le désordre, la clarté se faisait dans l'esprit de Kisimii. À la lumière des éléments qui jaillissaient de la conversation, elle se construisait peu à peu une vision d'ensemble. Et elle commençait à se faire une idée des circonstances de l'accident du parc aux narvals, qui la préoccupait en ce moment davantage que le sort du reste du monde.

Des éléments manquaient encore dans le puzzle, et Diaz lui balançait cent informations à la minute. Elle tâchait de suivre le flot tumultueux des paroles qui se bousculaient dans sa bouche, assimilant ce qu'elle pouvait au passage :

— J'ai quitté la France il y a une semaine, après m'être fait désimplanter par un toubib marron, dans un cabinet médical sordide de la zone franche. Sale type, sale endroit, sale ambiance. Mais j'avais pas le choix. Avec mon implant, rien n'aurait été possible. Ils m'auraient suivi à la trace.

» Heureusement, je connais bien la zone franche ; j'y suis né, et je n'ai franchi la ligne qu'à dix-sept ans, lorsque j'ai intégré l'école des officiers de la Sécurité nationale. Mais ça, c'est une autre histoire, qu'il faudra aussi que je te raconte quand on aura un peu de temps. Bref. Le toubib ripou a récupéré mon implant qu'il comptait faire reprogrammer pour le revendre au marché noir et l'implanter à quelqu'un d'autre. C'est la seule raison pour laquelle il a accepté de pratiquer l'opération. J'ai dû nettoyer moi-même l'implant des traces de mon encodage…

Il resta un instant songeur en repensant à ce qu'il avait effacé, et à ce qu'il avait fait le choix d'y laisser… Il chassa cette pensée de son esprit d'un bref mouvement de tête. Sans doute n'aurait-il pas dû, mais ça avait été plus fort que lui. Il avait tenu à revendiquer sa désertion. Montrer que cela n'avait rien d'une dérobade. En faire une espèce de manifeste, peut-être.

De sa voix profonde qui commençait à s'assurer, il se mit à expliquer comment, pour quitter la France sans se faire repérer, il avait jeté ses affaires de montagne dans un sac à dos. Sur un quai de la zone franche du port de Bordeaux, il avait embarqué sur un petit cargo vraquier chargé d'une cargaison de maïs du Sud-Ouest pour les docks de Kulusuk.

Dans sa fuite, il n'avait pu se permettre d'emporter le moindre émetteur, aucun moyen de télécommunication, seule façon d'échapper au balayage des cyrobs.

Avec de faux papiers équatoriens qui lui donnaient une identité en accord avec ses cheveux noirs, son teint mat et sa pratique parfaite de la langue espagnole, il n'avait eu aucun mal à s'engager comme matelot de pont sur ce bateau battant pavillon des îles Philippines. Quelques jours plus tard, il avait débarqué clandestinement à Kulusuk, sur la côte est du Groenland, seule escale du navire.

Là, avec des pièces d'argent à la valeur universelle, il avait acheté la pulka et l'attelage, le matériel de survie que Kisimii avait trouvé dans son sac – le pistoplasma, c'était son arme de service qu'il avait emportée depuis le début de son voyage.

Une fois équipé, muni de simples cartes et de la petite boussole de navigation, il s'était lancé dans la périlleuse traversée en solitaire. Plusieurs centaines de kilomètres avec les chiens, à travers le glacier continental hérissé de montagnes, percé de séracs et de crevasses, dans le seul but de rejoindre Qeqertaq, où il savait pouvoir rencontrer Kisimii.

— Je ne pouvais pas imaginer que tu ne sois au courant de rien de ce qui touche à l'Esquive. En cela, je me trompais. Mais… que tu le saches ou pas, toutes les techniques qu'elle met en œuvre découlent directement de tes travaux, Kisimii.

» Quand je me suis rendu compte que tu étais à l'origine de ces découvertes, j'ai fait des recherches sur toi, pour savoir à qui j'avais affaire. J'ai appris à te connaître, à connaître tes idées, tes envies, à comprendre comment tu fonctionnes…

— Quelque chose me chiffonne, l'interrompit Kisimii. Dans ton métier d'officier du G30, tu étais censé combattre l'Esquive…

Diaz se rendit compte qu'il avait sauté une étape dans ses explications. D'un seul coup, les motivations qui l'avaient conduit à changer de camp défilèrent dans sa tête et il comprit qu'il n'avait pas le temps d'expliquer maintenant à la jeune fille quelle sorte de révolution intérieure ses trouvailles avaient générée dans son esprit. Comme il ne voulait pas laisser la question de Kisimii sans réponse, il tâcha de résumer le plus simplement possible :

— Le jour où j'ai découvert l'existence de l'Esquive, j'aurais dû rédiger un rapport tout de suite. Mais je ne l'ai pas fait. Quelque chose que je ne contrôlais pas m'en a empêché.

» Les jours suivants, je me suis persuadé que je continuais tout simplement mon enquête, pour livrer un dossier bien ficelé à ma hiérarchie, et j'ai commencé à faire des recherches sur la Confédération des Nations Premières.

» C'est là que j'ai découvert leurs manifestes, que j'ai cerné peu à peu quel était leur combat, leur vision de l'homme, comment elles envisageaient la vie, et le monde…

Les paroles du Gitan résonnaient d'un drôle d'écho aux oreilles de Kisimii. Au fond de sa poche, sa main droite tripotait le manche de bois de renne, et son esprit embrassait avec une clarté surprenante les phrases de Manuel. Elle saisissait les motivations qui l'avaient poussé à rejoindre l'Esquive dans leurs moindres nuances, aussi parfaitement que si elles avaient été les siennes.

— Je sais, dit-elle simplement.

Manuel comprit qu'il n'avait pas besoin d'expliquer davantage.

Il aurait bien aimé, pourtant, raconter à la jeune fille vêtue de peau de loup et de cuir de phoque comment les belles idées qu'il avait découvertes dans les philosophies des peuples autochtones avaient ouvert en lui des portes sur des horizons baignés de lumière.

Il aurait aimé lui décrire cette impression formidable qu'il avait eue de se retrouver lui-même, de retrouver des racines, quelque chose de profondément humain qui sommeillait au plus profond de son être.

Il aurait aimé lui dire le sens dont s'étaient soudain emplis les souvenirs de son enfance gitane, les paroles des vieux dont les échos venaient encore parfois tourner dans sa tête, et qui avaient pris une épaisseur qu'il n'avait jamais soupçonnée jusque-là.

Il aurait aimé lui donner en partage cette joie indescriptible qu'il avait éprouvée lorsqu'en son for intérieur il avait décidé de se mettre au service des belles idées de l'Esquive. Ce bonheur entier d'avoir la chance de participer à une cause *juste*. Et de ne pas la laisser échapper.

Il aurait aimé, mais il n'avait pas le temps de le faire.

Alors, il emballa tous ces regrets dans un sourire indéfinissable, et poursuivit très vite :

— Ma décision de trahir le G30 pour tâcher d'apporter ma petite pierre à la construction de l'Esquive s'est imposée en quelques jours. J'ai travaillé d'arrache-pied pour en découvrir le plus possible afin de pouvoir être utile.

» Et j'ai vite été convaincu que c'était toi que je devais rencontrer la première pour me donner une chance de me joindre à l'Esquive. Que c'était toi qui pourrais me croire, me suivre, sans te perdre dans des états d'âme et des questions inutiles. C'est pour ça que j'ai fait tout ce voyage, que je suis venu ici, pour te rencontrer… Car maintenant, le temps presse.

Il y eut un silence. Kisimii était pensive. Qu'avait-elle de si particulier pour que Manuel lui accorde tant d'importance ? Elle s'examina. Dans son annuraak en fourrure de loup couvert de sang, ses bottes en peau de phoque souillées, son pantalon de cuir fauve, elle n'avait pas l'air d'avoir grand-chose en commun avec cet Européen aux vêtements bien coupés, dans des synthétiques dernier cri, et reposant sur sa pulka moderne. En apparence pas grand-chose, non. À part le fait qu'ils étaient ensemble en ce moment, sur ce coin de toundra désertique, aussi chamboulés l'un que l'autre.

Elle aurait été bien incapable de dire pourquoi, mais elle avait une furieuse envie de le croire, de le suivre, cet homme qui dégageait une force incroyable, dès qu'elle aurait compris où il voulait aller lui-même…

Comment une confiance aussi immédiate, aussi puissante, était-elle possible ? Elle pensa à la force d'Uumajuit qui baignait le monde. C'est cette force-là qui les emportait tous deux dans un même élan impalpable et les liait. Elle en était sûre. C'est ce qui les rendait si proches.

Uumajuit, « ceux qui sont vivants » ; il n'y avait pas d'autre manière de traduire ce concept inuit qui englobait des catégories que la conscience des Occidentaux avait oubliées et plus jamais entrevues depuis, sauf peut-être parfois par la musique, la peinture ou la poésie, et que leur pensée moderne n'avait jamais trouvé utile, en tout cas, de savoir nommer.

Sa main caressa encore le manche de bois de son ulu dans les plis de sa pelisse. Elle pensa aux esprits de ses ancêtres qui vivaient en elle. Aux esprits des vivants – humains, narvals ou caribous –, qui, chacun à leur manière, contribuaient à créer l'énergie du monde.

Kisimii ressentait en ce moment ces certitudes que la raison ne saurait jamais construire toute seule. Elle n'en était pas déroutée le moins du monde. Depuis des millénaires, ses ancêtres avaient cerné des réalités insaisissables, et ils les avaient nommées Uumajuit…

Les rituels des chamanes pouvaient bien faire sourire les Occidentaux…

Pour elle, ce savoir ancestral dont elle était aujourd'hui l'héritière avait autant de sens, autant de réalité et de naturel que les connaissances accumulées lors de ses études de physique. Même si, évidemment, elle n'aurait jamais osé évoquer ces trucs-là sur les bancs de la fac de physique.

Pourtant, elle savait bien que l'on peut *connaître* parfaitement sans qu'il soit besoin de *comprendre* ; connaître avec ses sens, ses sentiments, ses intuitions parfois… Comprend-on pourquoi on aime ? Et cependant, avec quelle certitude connaît-on l'amour quand on aime ! Sans qu'il soit besoin d'y rien comprendre. Elle le savait bien, elle, à la manière dont elle aimait Knud.

Au fond, les méandres de la connaissance des chamanes étaient aussi évidents que fragiles ; elle le savait, elle. Ces méandres incertains lui étaient aussi familiers que la rigueur de la pensée scientifique. Elle s'y laissait porter avec une égale confiance.

— Il n'y a pas de temps à perdre ! Je suis avec vous. De votre côté, avec les Inuits, les Aborigènes, les Indiens… Je suis du côté des Nations Premières, je le sais, maintenant. Et c'est toi qui me l'as appris, alors que je suivais ta piste dans le maquis des données globales.

» Il faut me croire, Kisimii. Tu sens les choses, je le sais. Tu sens que je dis vrai. Si j'arrive à entrer en contact avec les gens de la Conf, mon aide peut être décisive. J'ai des informations capitales.

» Dans quelques jours, il sera trop tard. Dans quelques heures, peut-être. Tu dois me croire.

Kisimii souriait. Bien sûr, elle le croyait.

Elle savait que cet homme n'avait pas détruit sa vie tranquille, qu'il n'avait pas traversé les mers, les montagnes de glace, pour venir lui raconter des sornettes. Elle savait l'humanité singulière de ce Gitan, si proche de la sienne.

Et elle savait que le sort de l'Esquive, dont elle saisissait peu à peu toute la puissance, était peut-être entre leurs mains.

Que fallait-il faire maintenant ? Elle n'en avait pas encore la moindre idée.

Mais elle souriait. Elle avait confiance.

# Chapitre XIX

*Mai 2089*

*Kalaallit Nunaat*
*Secteur de la Combe de l'Inuksuk*

— Je t'ai dit qu'il est vivant, Kisimii, je n'ai pas dit qu'il se porte comme un charme…

Quand Nanseng lui avait appris que l'hélikø avait retrouvé Knud, et qu'il était vivant, un vertige de joie avait soulevé son âme.

Maintenant, au ton du toubib, elle comprenait que ce n'était qu'une demi-bonne nouvelle.

— Quand on l'a repéré, il y avait plusieurs heures qu'il flottait inconscient dans son gilet de sauvetage. Il est en hypothermie sévère. Et il souffre de plusieurs traumatismes…

Kisimii se mordit les lèvres.

— Je sais que vous faites ce qu'il faut, toubib… Vous avez eu Nuuk ?

— Oui. On attend l'unité de soins mobile envoyée par Sakkarah qui va l'emporter à l'hosto national.

— Il… il va s'en tirer, toubib ?

Un silence lui répondit, laissant sa bouche sèche.

Et lorsque le médecin trouva l'énergie de dire : « Oui, ma belle, il va s'en tirer, on va tout faire pour… », Kisimii savait bien ce que valaient de telles paroles.

Une idée lui traversa alors la tête. Elle allait à Nuuk, elle aussi !

Sûr, elle trouverait bien le moyen de passer à l'unité de réa de l'hôpital pour voir Knud.

Voir Knud… Dans la fourrure de loup, son cœur tapait des coups sourds qu'elle sentait vibrer jusque dans sa gorge.

— Je dois raccrocher, dit-elle courageusement. Ici, l'histoire s'accélère. Je peux rien dire sur les ondes.

» Mais juste un dernier truc, toubib, au cas où il en aurait besoin… vous savez que Knud et moi, on est compatibles ?

Le médecin esquissa un sourire un peu triste.

— Ça oui, ma belle… Parfaitement compatibles…

Et à son ton, Kisimii comprit qu'il pensait à un genre de compatibilité qui dépassait de beaucoup celle de leurs groupes sanguins, de leurs anticorps et de leurs antigènes.

Le médecin et la jeune fille se sourirent pendant plusieurs secondes puis ils raccrochèrent.

— Je… je suis désolé pour Knud. Ça doit être dur pour toi. C'est ton fiancé, hein ?

Kisimii regarda Diaz comme si elle découvrait son visage.

— *Mon* fiancé ? Si on veut, oui. Mais chez nous, on voit pas vraiment les choses de cette manière. C'est… c'est autre chose. Je suis amoureuse de lui, ça, oui. De tout mon être. Mais qu'il soit *à moi* ne m'intéresse guère. Il ne m'appartient pas. C'est libre que je l'aime. Tu voudrais que je l'enchaîne avec des « mon » ?

Un mouvement de tête ponctué d'un haussement de sourcils signifia qu'elle préférait changer de sujet. Elle avait toujours eu du mal avec ces fichues visions occidentales.

# Chapitre XX

*Mai 2089*

*À bord d'un furtif sans immatriculation,*
*en vol vers la localité de Qeqertaq*

Une tache brune intrigante se découpait sur la blancheur du manteau neigeux. Autour, les attelages, les traîneaux étaient parfaitement reconnaissables, mais Cath ne parvenait pas à identifier cette masse sombre qui tranchait sur la neige. Le cliché satellite envoyé par la base datait de dix minutes à peine et les ombres démesurées du minuit arctique accentuaient les reliefs du paysage, en masquaient les détails trop contrastés.

Sans quitter l'image des yeux, Cath effleura une touche virtuelle et le cadavre d'un caribou à demi dépecé emplit soudain l'écran maître de la cellule de pilotage.

— Beurkkk ! C'est dégueulasse…

Damien leva les yeux sur le zoom, ne fit pas de commentaires.

L'esprit de Cath passa en revue sa mémoire toute neuve à la recherche d'une explication à la présence de cette chose. Elle n'en trouva aucune qui soit claire. Elle sentait qu'elle avait la réponse dans une scorie, un fragment de mémoire qui lui avait été implanté de manière contingente, simplement parce qu'il avait suivi les séquences nécessaires à la mission. Il n'est pas facile de découper la mémoire d'un humain, son fonctionnement est si complexe. Elle dut faire un effort pour zapper la question, revenir sur le pilotage, malgré l'étrange impression de sentir des bribes impalpables d'une mémoire étrangère planer dans les zones obscures de sa conscience.

Elle jeta un œil par les hublots. Au-dessous de l'appareil, les nuages défilaient à toute berzingue. Puis elle se concentra sur les colonnes de chiffres, les données des automates de pilotage qui, dans un coin de l'écran de contrôle, défilaient presque aussi vite que les nuages. Les yeux animés de petits sauts extrêmement rapides, elle recoupait ces informations avec celles qu'elle recevait en interne.

Ceinturé sur son siège, Damien regardait le flux des nombres défiler si vite qu'il n'arrivait pas à les suivre. Il était fasciné par la vivacité d'esprit de la fille qui manipulait ces informations à une allure inconcevable, comparable à celle des meilleurs ordinateurs du début du siècle.

Son regard glissa sur elle. Sur son cou, à la limite de sa combinaison bleu pétrole, il accrocha un morceau de peau pâle parcouru de frémissements imperceptibles qui contrastait avec une boucle de cheveux bruns se balançant doucement dans les vibrations feutrées de la machine.

Un sourire apparut sur les lèvres de Damien. L'image était belle. Puis, passant sur le mur de contrôle, ses yeux tombèrent sur une petite zone-écran en veille dont le gris anthracite renvoyait le reflet du visage de la fille. Un long moment, il se perdit dans la contemplation de ce visage où des nuances d'une expression discrète glissaient sans cesse, en fonction des informations traitées pour le pilotage. Une crispation de mâchoire, un battement de cils, le regard qui se fronçait, une vibration des lèvres…

— Nous arrivons dans l'espace aérien de Kalaallit Nunaat dans trois minutes et six secondes, lança Cath, le tirant de ses rêves.

Les communications nécessaires au pilotage circulaient en interne entre membres de l'équipage, mais la communication vocale ordinaire était employée lorsqu'il s'agissait de communiquer une information particulière au commandement.

Damien jeta un œil à différents écrans, s'attarda sur celui de sa console où défilaient les notes du juriste. Il s'y attarda un instant, puis feuilleta les pages de l'arborescence du plan de vol.

— Bien reçu, capitaine de vaisseau Vinzel, répondit-il à l'intention de Cath.

Puis son ton changea lorsqu'il s'adressa à l'équipage dans son ensemble, réparti dans les autres cellules :

— Je confirme : option 2 bis retenue pour l'approche.

Couvrant presque la fin de sa phrase, la voix de Cath emplit à nouveau la cellule :

— Décrochage atmosphérique dans dix-huit secondes. Trio *commandes* paré.

Le second pilote et le navigateur commencèrent à manipuler différents curseurs sur le mur de contrôle avec des gestes sûrs, comme automatiques.

Cath fit jouer ses fesses sur le molleton du siège pour trouver une assise plus stable. Ses mains serrèrent le manche de pilotage à plusieurs reprises. Voilà, elle était prête pour la manœuvre délicate.

— Attention, messieurs ! lança-t-elle à Damien et La Gauffre. Jusque-là, nous évoluions dans la stratosphère, sans aucun repère visuel pour appréhender notre vitesse hormis les nuages au-dessous de nous. Mais dès que nous allons pénétrer dans la zone atmosphérique, vous allez voir, ça décoiffe. Le paysage défile… vite !

La Gauffre, sanglé dans un siège de la cellule des *scizhums* voisine, ne fit pas de commentaire.

Damien pensa que les fiches chargées dans la mémoire flash de la fille précisaient que ni lui ni Gaufrette n'avaient encore dirigé de mission à bord d'un polyv et qu'elle en tenait compte.

— On dit que c'est très impressionnant la première fois, murmura-t-il.

Aussitôt, un peu gêné, il regretta que tout l'équipage ait pu entendre les inflexions de sa remarque. Dans son esprit, il s'adressait simplement à la fille.

Un sourire s'esquissa sur la bouche de Cath.

— Oui, la première fois, ça fait drôle. Surtout à ceux qui ne sont pas sous Speedrone…, répondit-elle en désignant la canule que portait sa combinaison à hauteur du bras gauche. Sans ça, le cerveau n'arrive pas à gérer de telles vitesses.

» D'ailleurs, je vous conseille de ne pas regarder par les hublots ni sur l'écran principal. Mais de rester concentré sur les seules données transmises à votre console personnelle. Là, elles sont filtrées sur un rythme compatible avec l'absence de Speed.

Damien s'attarda sur la canule injectant à chaque instant une dose de Speedrone bien précise, calculée par l'IA de contrôle en fonction de la masse d'infos dont chaque pilote avait besoin pour parvenir à contrôler l'appareil en navigation hypersonique, dès lors qu'il entrait dans une zone où des obstacles ou des animaux sauvages pouvaient contrarier sa trajectoire idéale. Sous les mers, ou à faible altitude, et à plus forte raison en rase-mottes. Sans ce puissant stimulant, les sens et les réflexes d'aucun être humain n'auraient été capables d'engranger les informations des instruments de vol assez vite pour éviter les montagnes, ou voler dans un canyon à trois cent cinquante mètres/seconde, par exemple.

Il suivit le conseil, détourna son regard de l'écran maître, se concentra sur sa console où la trajectoire de l'option 2 bis se matérialisait sur une carte à matrice active.

Dans quelques secondes, quand il arriverait à une dizaine de milles de l'espace aérien de Kalaallit Nunaat, l'appareil piquerait droit sur la surface de l'océan Atlantique. Telle une flèche d'argent, il en percerait la surface sans pratiquement changer d'allure, ne soulevant qu'une légère brume d'écume.

Sur sa lancée, il plongerait jusqu'à une profondeur de plusieurs centaines de mètres sous le niveau de la mer, d'où il entreprendrait de contourner la longue pointe sud du Groenland. Il remonterait ensuite toute la côte ouest jusqu'à l'île de Diskø Øer qui marque l'entrée du détroit de Qeqertaq.

Jaillissant hors des eaux sombres, il filerait ensuite en rase-mottes à travers les vallées glaciaires et les pics acérés pour gagner le point GPS 72°12'03" de latitude nord – 52°25'58" de longitude ouest, d'où avaient été émis les appels du cylindre.

Ils auraient alors parcouru plus de six cents kilomètres sous la mer en une poignée de minutes.

Sûr, le paysage allait défiler… vite.

L'option sous-marine avait ses avantages. À cette vitesse et à cette profondeur, impossible de se faire repérer. D'ailleurs, le juriste avait validé cette option d'itinéraire d'une jolie barrette verte. Le furtif ne devait en aucun cas être repéré dans l'espace aérien ou dans les eaux territoriales de Kalaallit Nunaat.

Ensuite, l'itinéraire aérien bien calculé évitait soigneusement toute zone habitée, toute voie de communication.

Là, la validation du juriste se limitait à un point jaune orangé : le risque d'être repéré et identifié était assez faible, mais pas totalement nul. Le géographe, quant à lui, avait coté cette option d'une belle barrette verte. Si la solution n'était pas parfaite, dans l'ensemble, c'était la bonne.

Cath avait fait du bon boulot. Damien apprécia d'un serrement de lèvres approbatif.

Puis il zappa sur les visuels des autres cellules pour estimer l'état des troupes. Les soldats du trio *commando* – un certain Callaghan qui traînait une réputation de forte tête, chef du groupe, et deux autres soldats, un homme et une femme en tenues d'intervention blanches comme la neige – se concentraient sur les gestes qu'ils devraient accomplir dans quelques minutes pour « l'acquisition de la cible et son interception » ;

« la capture et l'enlèvement de Manuel Diaz », en langage ordinaire.

Damien allait passer au visu de la cellule des *scizhums* lorsque la voix de Cath prononça d'un ton neutre :

— Attention, on décroche !

Elle bascula un curseur, enfonça son manche. L'appareil piqua immédiatement du nez dans une trajectoire presque verticale. En moins d'une seconde, il troua le tapis de nuages. La surface bleu sombre de l'océan ourlée d'écume blanche apparut soudain et bondit vers eux à une vitesse inconcevable.

Damien n'avait pu s'empêcher de regarder l'écran. La plongée vers le mur liquide lui fit remonter les entrailles jusque dans la gorge. Puis l'engin creva les eaux sombres et les fonds marins se fondirent dans les courbes d'un vertige. Écrasé sur son siège par l'inertie, il ferma les yeux.

Comme les images ne défilaient plus pour le distraire, son esprit exhuma le malaise qu'il avait dû enterrer à la va-vite tout à l'heure, dans l'entrepôt. Le souvenir prit Damien par surprise. Cette complicité qui le liait à Diaz, dont il n'avait pas voulu voir l'importance depuis qu'il avait pris la fuite, lui sautait brusquement au visage.

Son esprit manipulait les images venues du passé comme une matière explosive ; les yeux sombres du Gitan où luisait une étincelle lorsqu'ils posaient leurs sacs au pied d'une falaise de calcaire blanc dans la fraîcheur du jour qui se levait ; le sourire qui s'accrochait à sa peau mate lorsqu'ils sortaient au sommet de la face dans les derniers rayons du soleil couchant ; cette corde de neuf millimètres qui avait lié leurs destins sur les parois verticales ; la peur, le réconfort d'une main tendue quand la force s'échappait, d'une voix amie quand tout chavirait ; l'épaisseur d'un silence quand le doute s'installait à un relais suspendu dans le vide parce que l'escalade devenait trop difficile, la retraite impossible.

La lente valse des images pesait sur sa poitrine.

Puis il imagina son compagnon de cordée perdu dans l'Arctique, seul, pourchassé, lancé avec ses chiens dans le vent glacé, accompagné du fantôme de ses rêves.

Pourchassé…

La tête de Damien tournait.

Pour cesser de penser, il ouvrit les yeux.

# Chapitre XXI

*Mai 2089*

*Kalaallit Nunaat*
*Secteur de la Combe de l'Inuksuk*

Kisimii avait dégotté quelques morceaux de tourbe rangés dans le petit sac de cuir posé sur son traîneau. Tout en écoutant Diaz débroussailler son histoire, elle avait allumé un minuscule feu sur lequel elle avait placé une petite casserole cabossée en équilibre sur trois pierres. Déjà, la neige dont elle l'avait emplie commençait à fondre ; bientôt l'eau se mettrait à bouillir et elle pourrait y jeter quelques feuilles de thé vert.

De temps en temps, un chien se réveillait, s'ébrouait en silence et levait son museau qui avait reniflé l'odeur âcre de la fumée de tourbe. Il regardait furtivement son chef de meute. Rassuré de le voir endormi, il enfouissait alors sa truffe dans la fourrure de son flanc et, avec un long soupir de chien, ses yeux se refermaient et il reprenait son somme.

— T'avais déjà piloté une pulka ?

Diaz haussa les épaules.

— Comme ça. Quelques fois, dans les Alpes…

Son regard se perdit dans des souvenirs sortis d'un autre monde.

— Avec Damien… J'ai fait pas mal de montagnes avec Damien, à une époque. Damien Coste… Mon compagnon de cordée. C'est…

À la façon dont il avait si souvent prononcé ce nom dans une seule phrase, Kisimii comprit que ce gars était quelqu'un de proche. De la lame de son ulu, elle retira les feuilles de thé vert qui infusaient dans la petite casserole et souffla sur le breuvage fumant avant d'en avaler une gorgée.

— Damien, c'est… c'était un ami, poursuivait le Gitan. Maintenant, c'est peut-être lui qui dirige l'équipe lancée à mes trousses.

De nouveau, son regard se fit vague. Un sourire triste, un pincement de lèvres, et il reprit d'une voix un rien trop vive :

— Parce que ça, tu peux être sûre qu'il y a du monde qui nous court après… Mais où ils en sont ? Mystère.

— Tu crois qu'ils peuvent déjà avoir retrouvé ta piste ?

Diaz eut une moue dubitative. Kisimii lui tendit la petite casserole fumante.

— Impossible de savoir, trancha-t-il en avalant à son tour une gorgée de thé brûlant. Dam est un bon flic, et il me connaît bien. Il doit avoir trouvé quelque chose. Si… enfin, s'il a accepté de se mettre sur l'affaire.

Un flottement de son âme tissa un voile de silence. Il le déchira avant qu'il ne se fige :

— Mais au fait, l'accident de Knud… tu en sais davantage ?

— Tu as suivi la conversation tout à l'heure. Nanseng m'a dit qu'ils ont retrouvé Knud, mais…

— Non, fit Manuel en secouant la tête. Davantage sur les circonstances de l'accident, je veux dire.

— Hum… Non, je n'ai aucune explication qui tienne. Il n'y a pas eu d'alerte météo. Et puis, il y a ce choc sur la coque…

— Un choc ? Sur la coque ?

— Oui. La barge était retournée. Son fond éventré. Et t'aurais vu ce massacre chez les narvals. Dans le bassin de *mes* exemplaires, en plus.

Diaz réfléchissait à toute vitesse. Il était sur quelque chose, c'était clair. Kisimii se souvint tout à coup :

— Les images que l'équipe de secours m'a fait suivre doivent être archivées sur le cylindre. Tu veux les voir, ça peut t'être utile ?

— Devine !

# Chapitre XXII

*Mai 2089*

*À bord d'un furtif sans immatriculation en approche de la localité de Qeqertaq*

En voyant l'avancée du polyv sur la carte active, on aurait pu penser qu'elle était rectiligne. Le lent balancement que Damien ressentait dans son corps affirmait le contraire. C'était de longues courbes qui ondulaient de part et d'autre d'une ligne droite, en fonction des obstacles avec lesquels les calculateurs de bord devaient composer.

De temps à autre, Damien risquait un œil vers les hublots où les fonds marins défilaient à une vitesse hallucinante. Parfois, une masse sombre fusait à quelques encablures sans qu'il fût possible de la discerner clairement. Qu'elles soient dauphins, éléphants de mer ou baleines blanches, ces taches fugitives se tenaient toujours à peu près à la même distance du furtif. Les instruments respectaient à la lettre la distance de sécurité réglementaire programmée dans leurs algorithmes.

— Attention ! On raccroche une trajectoire aérienne dans huit secondes, prévint Cath, concentrée sur le mur de contrôle.

Elle raffermissait sa prise sur le manche, prête à négocier la manœuvre, quand une espèce de choc mou ébranla l'avant de la carlingue. Une vibration métallique parcourut tout le fuselage.

Un instant, l'engin louvoya de manière inquiétante, semblant vouloir décrocher de sa trajectoire. Les mains crispées sur le manche, Cath se bagarra un bref instant contre les oscillations qui animaient la carlingue. Le ballant s'amortit lentement, et le furtif cessa de louvoyer pour se retrouver peu à peu sur une trajectoire stable.

— Merde ! Qu'est-ce que c'est que cette connerie ? pesta-t-elle en essuyant son front d'un revers de main.

Le trio *commandes* vibrait comme un seul homme, les sens aux aguets. Les visages semblaient parcourus de petits frissons électriques, les communications fusaient en interne, les instruments de bord étaient auscultés à toute allure.

— Rien, répondit le second pilote. C'était même pas une connerie, chef. C'était rien du tout !

— Tu te fous de ma gueule ? s'énerva Cath. On a percuté quelque chose !

— Alors, on a percuté quelque chose… qui n'existe pas, répondit le second d'un ton neutre, désignant du menton la partie du mur de contrôle dont il avait la charge. J'invente rien : les instruments sont formels. Rien n'a croisé notre trajectoire. *Rien.*

— Décrochage reporté ! décida brusquement Cath en enclenchant un curseur. On fait une boucle avant de passer en aérien, le temps d'y voir clair.

» Trajectoire d'attente 28 ter. Je veux faire des contrôles avant de passer en atmosphérique.

Elle s'interrompit un instant, se mordit la lèvre et ajouta très vite :

— Vous validez l'option, commandement ?

— Option validée, confirma Damien sans consulter Gaufrette.

La voix du navigateur-mécano annonça avec autant d'émotion que s'il donnait l'heure :

— Contrôles lancés.

Les données défilaient à une vitesse qui les rendait inaccessibles à Damien. Il avait l'impression d'être enfermé dans une capsule de temps diaboliquement étiré par rapport à celui de l'équipage. À peine avait-il terminé de se faire cette remarque que le navigateur avait déjà épluché tous les chiffres.

— Pas d'avarie notable, dit sa voix neutre.

— Confirmation des données des calculateurs, ajouta le second. Rien n'a croisé notre route.

La voix de Gaufrette envahit brusquement l'habitacle avec agressivité :

— Bon, bon, allez ! Ça suffit, vos vapeurs de gonzesse, capitaine Vinzel ! S'il n'y a rien, on reprend tout de suite.

Ni Cath ni Damien ne pouvaient voir qu'il bouillait sur son siège de la cellule voisine. Mais cela s'entendait parfaitement. Lui, il n'aurait pas accepté de valider l'option des contrôles. Mais Damien avait répondu plus vite.

— Allez, allez, enchaîna Gaufrette, on raccroche la trajectoire ! On avance ! Pas de temps à perdre. Ça bouge du côté de la cible !

C'est que, dans la cellule des *scizhums*, il était en liaison avec le quartier général de la tour de la Sécurité.

— Du nouveau, côté QG ? hasarda Damien en limitant les mots pour masquer la colère qu'avait soulevée en lui la manière dont La Gauffre s'était adressé à la capitaine.

— Un peu, mon neveu ! Le filet de surveillance satellite vient de lancer une alerte. Deux appareils inuits ont décollé depuis des zones distinctes, et ils convergent tous les deux vers Qeqertaq. Alors, c'est pas le moment de faire le ménage dans vos petites affaires, capitaine Vinzel. Comportez-vous comme un soldat en mission, pas comme une mamma protectrice !

Damien parvint à ne rien dire. Cath demeura parfaitement impassible sous l'affront, manipula trois curseurs, son regard effleura un écran de balayage radar et elle confirma d'une voix tranquille :

— OK, officier La Gauffre, je les vois, ces deux appareils. On les devance. J'ai le temps d'effectuer les contrôles avant de raccrocher la trajectoire. Je les juge indispensables.

Elle cherchait du regard l'approbation de Damien.

Battement de paupières contrarié. Il aurait voulu s'en remettre au jugement de Cath, mais ne pouvait pas contrecarrer ouvertement l'ordre de Gaufrette. C'était du dégoût qu'il ressentait maintenant. Pas du dégoût pour son collègue, non. En fin de compte, lui, il était simplement égal à ce qu'il avait toujours été.

Mais du dégoût pour lui-même. De quel côté le plaçaient ses galons de capitaine ? Qu'était-il en train de faire ?

— Très bien, capitaine Vinzel…, concéda finalement La Gauffre, préférant éviter un affrontement avec l'équipage.

» N'en faites qu'à votre tête ! Si vous garantissez que nous aurons le temps d'intercepter la cible et de disparaître avant que les deux bâtiments inuits n'arrivent sur les lieux…

— Je confirme au commandement. Nous aurons le temps.

» À supposer que ces coucous aillent bien au même endroit que nous, ce que rien ne prouve encore, soit dit au passage, termina-t-elle sur une pointe ironique clairement destinée à Gaufrette.

— Contrôles terminés dans douze secondes, claironna la voix du second au même instant, comme pour confirmer le bien-fondé du choix de sa patronne.

— Et là ? C'est quoi, là ?

Sur un écran secondaire, le pointeur optique de Cath fouillait un détail d'une image transmise par une caméra de contrôle du fuselage.

Le point rouge du pointeur fit un cercle autour du détail pour le mettre en évidence, puis cliqua dessus. Il s'agrandit en plein écran. Sur le fuselage de proue, on distinguait une zone nettement enfoncée. Un creux bien marqué de la taille d'une belle citrouille, légèrement ovale.

— Pas mal, pour quelque chose qui n'existait pas, lança Cath au second.

— J'ai refait tous les contrôles, chef, répondit l'homme, toujours aussi calme. Les appareils de vol n'ont eu aucune défaillance. J'ai épluché tous les logs.

Je confirme. Les instruments indiquent que nous n'avons rien heurté. Rien n'a même approché notre trajectoire plus près que la distance de sécurité réglementaire.

— D'autres avaries ? interrogea Cath.

— Négatif. La coque conserve sa résistance. Tout juste une légère modification de l'aérodynamique. Les calculateurs de trajectoire sont en train de la prendre en compte. Tous les appareils fonctionnent normalement.

Le regard de la fille balaya brièvement le mur de contrôle et lança à l'intention de La Gauffre :

— Voilà, commandement. Ça y est. La vérification a pris moins de vingt secondes. Maintenant l'IA centrale est en train de recalculer les paramètres de poussée moteur et commandes en fonction de la déformation de la coque.

» Vous voyez, commandant La Gauffre, prit-elle le temps d'expliquer, si on était passés en atmosphérique sans ajuster ces paramètres, avec les perturbations aérodynamiques liées au choc, on ne serait pas allés bien loin. À la première manœuvre un peu fine, on partait en vrille…

Soulignant ses paroles, la main droite de Cath tournoyait en l'air, imitant la trajectoire ivre que le furtif aurait prise. Une longue courbe, puis son poing fermé vint percuter l'accoudoir de son siège avec une violence à peine contenue.

Le regard de Damien pesait sur elle. Pouvait-il se faire une idée de la nervosité qui s'accumulait en elle ? Qu'elle ne parvenait pas à évacuer ?

L'esprit de la capitaine filait à mille à l'heure sur les données de pilotage. Mais il était sans cesse parasité par une foule de pensées satellites. D'abord, il y avait ce choc, dont la cause échappait à toute analyse.

Après ça, comment continuer à faire confiance aux instruments de navigation pour le reste de la mission ?

Dans un autre coin de son cerveau, les maigres données sur le crash probable du premier furtif qui avaient été chargées en flash mémoire tournaient en boucle. L'accident avait dû se produire pas très loin de l'endroit où le choc avec l'objet invisible avait eu lieu. Le parc d'élevage des narvals des Inuits se trouvait à vingt milles à peine. Elle pressentait un rapport entre les deux, sans en voir la nature.

Ces pensées-là n'étaient pas vraiment surprenantes, elles faisaient même partie du travail de pilotage en quelque sorte. Mais ce n'était pas tout. D'autres idées encore s'agitaient dans sa tête, avec une insistance qui la désarçonnait bien qu'elle n'en laissât rien paraître.

D'abord, ça avait été le cadavre de ce caribou qui avait pris malgré elle une importance démesurée. Elle avait eu un mal de chien à chasser cette image qui rôdait dans son esprit de manière obsédante, comme si elle cherchait à lui dire quelque chose, et, dans les scories involontairement implantées dans sa flash mémoire, elle avait trouvé des fragments qui évoquaient une mystérieuse « Première Chasse » dont elle ne comprenait pas le sens, faute de connexions. Tout un maquis diffus grouillait aux frontières de sa conscience, et des images en émergeaient de temps à autre, à l'improviste, comme des fantômes aux contours flous comme un songe.

Cet objet, par exemple, qui revenait sans cesse, et qu'elle ne savait pas identifier. Elle n'en avait même jamais eu de vision très claire. C'était juste une image un peu brumeuse qui venait flotter dans ses pensées sans crier gare. Elle aurait été bien incapable de le décrire de manière précise. Il y avait un éclat mat, de l'acier sans doute, une espèce de pièce de métal en demi-lune qu'elle avait d'abord prise pour une soucoupe volante. Mais ce n'était pas ça. C'était bien plus petit, et elle sentait de manière diffuse que cette image avait un lien avec le caribou.

Il y avait aussi ces amas de pierres dont les images traversaient parfois son esprit comme des météores. Des empilements de pierres qui prenaient vaguement forme humaine, un tronc, deux bras, une esquisse de tête, qui se découpaient sur un paysage de lande désolée.

Et puis c'était encore ces sensations étranges, qu'elle ne savait pas identifier. Un fourmillement qui aurait appartenu à la mémoire de quelqu'un d'autre, et dont des bribes remontaient parfois comme des bulles qui explosaient lorsqu'elles parvenaient à la surface de sa conscience, avant de disparaître.

Pourtant, avec les passages dans les sas de flash mémoire dont elle avait pris l'habitude, elle s'était souvent retrouvée à manipuler les souvenirs d'une autre personne pour les besoins du service.

Mais là, ce n'était pas à proprement parler des souvenirs, des données pratiques, mais plutôt des sensations qui lui étaient étrangères et qui venaient hanter son esprit en filigrane.

Malgré ses efforts pour se concentrer tout entière sur le pilotage, elle avait du mal à les chasser tout à fait de son esprit.

— Décrochage atmosphérique confirmé à tout l'équipage, annonça-t-elle quand tout fut prêt.

Elle avait évidemment continué à faire son boulot nickel chrome malgré la tourmente qui agitait sa conscience.

— Reprise immédiate de la trajectoire « option 2 bis ».

Elle bascula deux interrupteurs et se retourna vers Damien, lui désignant l'écran de liaison avec la cellule du trio *commando* où Callaghan et les deux soldats s'affairaient sur des consoles.

— Ils sont en train d'affiner leurs plans au fur et à mesure que les images satellite leur donnent une idée plus précise du théâtre de l'opération, indiqua-t-elle en posant un doigt sur son oreille pour montrer qu'elle recevait leurs paroles en interne. Nom de code du point : GP11.

» Quant aux deux fameux bâtiments inuits qui ont décollé il y a quelques minutes, le trio *commando* a déjà envisagé… (elle jeta un œil sur un écran secondaire) quatre manières différentes de les neutraliser, s'ils en recevaient l'ordre.

» Une vraie petite fourmilière, ce vaisseau de combat, n'est-ce pas, Damien ?

Damien eut à peine le temps de se rendre compte qu'elle venait de l'appeler par son prénom. Familiarité tout à fait contraire aux convenances du service. Son ton portait une chaleur particulière. Il n'eut pas le loisir de s'en réjouir, de s'en réconforter comme il aurait eu besoin de le faire.

La voix du second résonnait déjà dans toutes les cellules :

— Décrochage atmosphérique immédiat.

Aussitôt, l'appareil enquilla une ascendance qui colla tous les passagers contre leurs sièges. Une flèche d'argent gicla hors des eaux noires du fjord de Qeqertaq. Elle frôla la crête des vagues, avala toute la plaine littorale dans le temps d'un soupir et s'évanouit comme une étoile filante dans la pénombre d'une étroite vallée glaciaire.

*

Lancé à toute allure entre les deux falaises verticales, le furtif filait à quelques mètres seulement au-dessus de la langue claire du glacier constellée de grands blocs de granit sombres.

Cath concentrait toutes ses facultés sur le pilotage. Malgré la Speedrone instillée dans son sang à dose maximale, ses réflexes suffisaient tout juste à contrôler l'appareil dans le canyon hérissé de rochers hauts comme des immeubles.

Il lui était parfaitement impossible de suivre en même temps la communication qui s'était enflammée entre Damien et La Gauffre depuis le décrochage.

Le cylindre qu'ils avaient pris pour cible venait de s'activer. Pas pour une communication, non, mais simplement en mode « visionnage ». Les images de la séquence qu'il diffusait s'étaient prises dans le filet de surveillance satellite.

Dès qu'il les avait découvertes, Gaufrette avait connecté Damien sur le même canal. C'était chaud.

Et maintenant, chacun sur sa console, la bouche entrouverte dans un effarement qu'ils surmontaient à grand-peine, les deux hommes voyaient défiler les mêmes images. Elles emportèrent Damien à mille lieues de son malaise.

C'était des images d'apocalypse.

Le film avait été capté depuis un hélicoptère, et ils ignoraient pourquoi le cylindre le diffusait en ce moment même. Mais le spectacle leur coupait le souffle.

On y voyait une mer sombre, assez calme, filmée depuis une altitude d'une dizaine de mètres, en vol stationnaire. Mais cette mer calme n'était pas sereine. Elle était couverte d'une écume rouge sang qui ourlait la crête des vagues, et sur laquelle tranchait la chair blanche de centaines de narvals qui flottaient, inertes, à sa surface dans un balancement macabre.

Au beau milieu de cette hécatombe, un rectangle de métal aveuglant accrochait la lumière. Une embarcation, grande mais sommaire et retournée ventre en l'air, tanguait sur la houle.

Sur le fond de la barge défoncée, ils avaient tout de suite remarqué la trace du choc titanesque. Un choc qui n'avait pu être causé que par une masse énorme lancée à toute allure.

Damien et La Gauffre n'avaient pas besoin de se parler pour comprendre exactement la même chose et penser à cet impact qui avait déformé la proue de leur propre polyv au nez et à la barbe de tous les instruments de contrôle.

Et tous deux comprenaient qu'ils avaient sous les yeux l'explication de la mystérieuse disparition du premier furtif lors de la mission polaire. Dans le parc aux narvals, il avait eu moins de chance qu'eux. Il avait lui aussi percuté quelque chose d'invisible sous les eaux du fjord, et dans une manœuvre désespérée pour regagner la surface, il avait percuté cette fichue barge primitive et, éventré par le choc, il s'était abîmé par le fond. À cette heure, il devait reposer sous quelques centaines de mètres d'eau glaciale.

Dans le flot des questions sans réponse surnageait cette certitude.

## Chapitre XXIII

*Mai 2089*

*Kalaallit Nunaat*
*Secteur de la Combe de l'Inuksuk*

Le minuscule foyer de tourbe vacillait dans un brasillement rougeâtre. Les regards aspirés par les flammèches mourantes, Kisimii et Manuel réfléchissaient en silence.

Rapprochées des informations apportées de France par Manuel, les images de l'accident du parc aux narvals qu'ils venaient de visionner sur le cylindre se chargeaient d'une menace aux contours inquiétants.

La petite casserole cabossée avait refroidi dans les mains de la jeune fille. Elle la secoua pour s'assurer qu'elle était complètement sèche, l'enroula soigneusement avec le restant de thé vert dans un petit linge presque propre et rangea l'ensemble au fond de sa besace de cuir fauve.

Ainsi donc, *ils* étaient déjà sur leur piste. Sur la piste des narvals, plutôt. Des narvals à Kisimii, le chemin ne serait pas long à faire. Diaz le savait bien, pour avoir mené la même enquête, avec des moyens similaires. Il avait pris soin d'effacer au fur et à mesure les traces de la piste qu'il avait suivie sur les fils de la toile, et qui l'avait mené jusqu'à la jeune Inuite. Mais Damien et les autres finiraient par tout découvrir. Juste une question de temps.

Les quelques mots que Manuel avait murmurés en découvrant les images de la catastrophe avaient suffi à convaincre Kisimii. Maintenant, c'était une évidence : il s'agissait bien d'un furtif qui avait percuté la barge de Knud. Il n'y avait pas d'autre explication qui tienne.

Depuis qu'elle avait admis ça, la vision de l'accident ne cessait de défiler dans sa tête, l'image de la barge soulevée des eaux sombres du fjord par un choc titanesque qui l'envoyait dinguer dans les airs revenait sans cesse.

Et chaque fois, un petit point jaune fluorescent se détachait en plein vol de la barge étincelante, décrivait un interminable vol plané en ligne courbe qui se terminait dans un grand remous d'écume rouge.

Puis elle apercevait distinctement le gilet de sauvetage jaune fluo, ce point minuscule sur la mer endeuillée, qui dansait tristement sur la houle, au milieu des cadavres de narvals déchiquetés.

Elle secoua la tête pour chasser ces images d'une clarté singulière.

Kisimii s'était levée dans la lumière du petit matin polaire, et occupait ses mains à de menues choses. Elle avait commencé à mettre un peu d'ordre dans le campement de fortune, comme si, en rangeant les objets, elle allait parvenir à mettre aussi de l'ordre dans sa tête.

Elle s'occupa de l'attelage déglingué de la pulka, ce qu'elle n'avait pas eu le temps de faire. Au fond, c'était tout à fait inutile. Le sonique envoyé par Sakkarah allait arriver bientôt. Il les emporterait vers Nuuk, le Gitan et elle. Leurs attelages ne serviraient à rien, ils resteraient sur place.

Les chiens devraient sans doute passer quelque temps seuls sur la neige avant que quelqu'un du village puisse venir les chercher. Ce n'était pas si grave. Ils auraient largement de quoi manger. La carcasse du caribou était presque intacte.

Elle entreprit de relier son traîneau et la pulka par un long trait de corde qu'elle attacherait ensuite aux bois du caribou. Ainsi, les chiens ne pourraient pas s'éloigner de la nourriture.

Même sans attache, les bêtes seraient certainement restées sur place, mais Kisimii avait besoin d'occuper son esprit qui brassait trop d'idées confuses et menaçait de s'emballer. Faute de parvenir à démêler les sacs de nœuds dans lesquels ils étaient empêtrés, impuissants sur ce glacier hostile, elle démêlait soigneusement les cordages.

Entre deux manips de corde, elle jetait un œil sur Manuel. Adossé à sa pulka, il tripotait toujours le cylindre sur lequel ils venaient de visionner les images.

Un dernier regard circulaire sur le campement. Tout était en ordre. Le sac de cuir, le matériel d'accastillage lové en boucles, la vieille carabine dans son fourreau de cuir d'où saillait la crosse. Elle la saisit, caressa un instant le bois clair poli par l'usage, fit jouer la culasse. L'étui vide de la dernière cartouche tirée sur le grand loup était toujours dans la chambre. Elle l'éjecta, le récupéra dans sa paume et le considéra pensivement avant de le ranger dans sa poche avec les deux autres qu'elle devrait recharger un jour ou l'autre.

— T'as passé un appel sur le réseau d'urgence ?

La voix de Manuel avait jailli, inquiète, inquiétante.

Kisimii sursauta. Prise de court, elle ne comprit pas tout de suite de quoi il parlait. Elle avait oublié cet épisode.

Désignant de l'index à plusieurs reprises le cylindre, il répéta sa phrase, avec une intonation affirmative cette fois :

— Tu as passé un appel sur le réseau d'urgence ! À seize heures treize. Une connexion avec une unité urgentiste de Corée unifiée, abandonnée sans suite…

Oui, bien sûr. Ça lui revenait maintenant. Sans bien comprendre l'importance de ce fichu appel avorté, Kisimii s'approcha de Manuel. Il semblait pris d'une soudaine panique, fouillant fiévreusement dans les logs du cylindre. Il trouva vite ce qu'il cherchait. Les deux fichiers images que Kisimii avait joints à sa requête de secours.

Quand le premier fichier s'ouvrit, l'hologramme en 3D se mit à flotter dans le cube généré par le cylindre et le Gitan reconnut son visage. Il blêmit.

À ce moment, avec un chuintement strident, une flèche d'argent traversa le ciel comme un éclair brillant, quelques mètres au-dessus de leurs têtes.

Instinctivement, ils courbèrent les épaules d'un même mouvement parfaitement synchrone. Puis ils levèrent vivement les regards vers le ciel. Le furtif avait déjà disparu derrière la courbe d'une colline adoucie par la neige.

— Merde ! murmura Manuel entre ses lèvres.

Un souffle bref lui vida la poitrine, ses épaules se voûtèrent. Puis son regard trouva celui de Kisimii, qui le transperçait avec une expression grave.

— *Ils* ont fait vite, lâcha-t-elle calmement.

Un haussement de sourcils, un léger mouvement de tête et l'ébauche d'un sourire sans joie soulignaient l'évidence.

Le Gitan se perdit dans ces yeux sombres qui accrochaient la lumière, et tout le reste fut effacé, une seconde, par la vague d'admiration qui déferlait dans tout son être.

Elle se tenait debout sur la glace, si près de lui qu'il pouvait sentir son souffle.

Elle se tenait debout dans la lumière, un peu gauche, désinvolte.

Elle se tenait debout, et elle était très belle.

# Chapitre XXIV

*Mai 2089*

*À bord d'un furtif sans immatriculation volant à basse altitude au-dessus du secteur de la Combe de l'Inuksuk*

— Comme promis, commandant La Gauffre ! Bobonne est ponctuelle. Sur site, avec… une vingtaine de minutes d'avance sur les bâtiments inuits.

La voix de Cath fit lever les têtes des deux officiers au même moment, dans les deux cellules. Au même moment aussi, les images du massacre se brouillèrent soudain sur leurs consoles.

— Reçu cinq sur cinq, lança Callaghan, le chef du *commando*. Nous sommes prêts, je confirme : interception possible en moins de quinze minutes. Si on nous débarque tout de suite.

Ces deux remarques étaient passées en communication orale, comme elles s'adressaient au commandement. Mais Callaghan oublia de basculer le commutateur de fréquence à la fin de sa phrase, et les communications internes qui fusaient continuellement entre les membres de l'équipage continuèrent à passer dans les haut-parleurs des cellules dans un magma inextricable.

— *Les images en gros plan prises lors de notre survol du campement sont sur vos consoles, les gars... Jetez-y un œil en vitesse.*

— *La fille, c'est qui ?*

— *Faudrait que je sache*, piaffa le juriste.

— *Putain, quelle touche, en tout cas ! N'empêche... Miam-miam ! Dans la famille Neandertal, je niquerais bien la fille !* grasseya le soldat mâle d'une voix épaisse. *Âchement faisable, la sauvage.*

— *Toujours aussi délicat, Milord*, riposta la fille soldat. *T'es un gros porc répugnant. Tu...*

— *C'est une jeune Inuite*, coupa le géographe. *Elle porte la tenue de chasse traditionnelle. Avec son qamutik, son petit traîneau de chasse. Capacité maximale du traîneau : une personne. Elle est certainement seule.*

— *Je confirme. Les détecteurs sont formels : à part Diaz et la fille, aucune autre présence humaine dans un rayon de quarante kilomètres.*

— *Ça y est, j'ai la fille. L'IA m'a sorti sa fiche. Orpheline. Doctorat de sciences validé à Copenhague, option biophysique. Le reste n'est pas à jour. Faudrait fouiller dans les logs des archives.*

— *Laisse tomber... Si la fiche de l'IA n'est pas tenue à jour, c'est du menu fretin. Pas de quoi en chier une pendule... Allez, hop, on embarque Diaz, puis on bloppe la zone.*

— *Bon, OK, risque acceptable*, décida le juriste. *Nettoyage de zone par vapo avant notre départ validée. Amarrage stationnaire sans contact du sol autorisé. Ça roule pour moi. Feu vert.*

— *Commando prêt à intervenir*, confirma Callaghan.

Tout allait trop vite pour Damien. Son esprit n'était pas assez rapide. Les répliques de l'équipage se superposaient les unes aux autres sur le rythme presque instantané des communications internes. Il ne discernait même pas vraiment qui prenait la parole. Tout juste identifiait-il une voix, un lambeau de phrase lorsque par hasard il n'était couvert par aucun autre. Le défilement continuel le saoulait, provoquant une espèce de vertige :

— *Un des appareils inuits s'est dérouté*, annonçait le navigateur. *Il semble filer vers le fjord de Qeqertaq, maintenant, vers le parc aux narvals. Mais l'autre arrive droit sur nous, je confirme. S'il ne change pas de cap ni de vitesse, il sera sur place dans... un peu plus de vingt-trois minutes.*

— *Trio* commando *paré*, lança Callaghan. *On file vers la soute aux véhicules annexes. Prêts au débarquement dans quinze secondes.*

— *Aucun contact au sol, capitaine*, pinaillait encore le juriste. *Stationnaire à deux ou trois mètres du sol, pour éviter toute trace sur la neige.*

— *Cinq sur cinq. Aucun problème pour débarquer les Volotos annexes en stationnaire*, confirma la fille soldat qui courait vers la soute aux annexes.

— *Et aucune trace au sol de notre côté non plus pendant la mission. Promis, juriste.*

— *Bien compris*, fit Cath, *stationnaire au point GP11. Je le pointe sur vos matrices actives.*

— *Parfait.*

— *Brouillage radio activé depuis sept secondes*, prévint le second pilote. *Plus aucune communication possible à partir de leur cylindre. Ils sont coupés du monde.*

Cette dernière phrase avait été suivie d'un bref silence. Damien avait distinctement pu l'entendre.

# Chapitre XXV

*Mai 2089*

*Kalaallit Nunaat*
*Secteur de la Combe de l'Inuksuk*

— Tu pouvais pas savoir, Kisimii. C'est pour essayer de me sauver que tu as passé l'appel.

Songeur, Manuel tripotait le cylindre devenu muet, regrettant fugitivement de ne pas avoir appelé Nuuk au lieu de passer tout ce temps à expliquer la situation à Kisimiipunga.

Mais, non… De toute façon, il n'aurait rien pu expliquer par les ondes. La conversation se serait prise dans le maillage du filet de surveillance.

Non, ils n'avaient pas fait d'erreur, c'était juste la faute à *pas de chance*.

Maintenant, l'équipe d'intervention était sur eux. Le cylindre muet. C'est tout seuls qu'ils devaient faire face.

Faire face… Il hocha la tête. Pas beaucoup d'espoir. Une grande lassitude tomba sur ses épaules. Il s'en était fallu de peu qu'il réussisse.

Sans cet appel sur le réseau global, ils auraient eu encore leur chance.

Mentalement, il estima quelle configuration l'état-major pouvait bien avoir retenue pour cette intervention. Hum… une intervention clandestine, sensible… Certainement une configuration optimale, du « 3 cube », peut-être.

— Qu'est-ce qu'on peut faire ? murmura Kisimii qui ne savait presque rien des techniques de combat des forces des pays du G30.

Il haussa les épaules dans une mimique lasse. Il n'en savait rien.

— La partie est inégale…

C'est tout ce qu'il trouva à répondre. La manière la moins inquiétante d'exprimer un peu de ce qu'il pensait.

Le regard de Kisimii tomba sur la couverture qui recouvrait le bas du corps de l'homme. Elle songea à sa jambe. Avec le complexe antalgique qu'elle lui avait injecté, il ne sentait aucune douleur, mais le membre restait plié dans son angle anormal, la pointe blanche de l'os brisé saillant toujours à travers les chairs et la toile. Pour sûr, la situation n'était pas brillante.

— Et eux, qu'est-ce qu'ils vont faire ?

Il n'y avait pas de résignation dans la voix de Kisimii. Il sembla même à Manuel qu'elle portait une pointe de bravade, peut-être.

Elle avait bien senti l'abattement tombé sur le Gitan blessé, et cela lui avait donné un coup de fouet. Maintenant, tout reposait sur elle, elle le savait avec la certitude des intuitions. Avec une clarté d'où la crainte était absente. Dressée dans la lumière, elle était là tout entière, prête à se battre.

Elle avait pris une respiration profonde, comme pour se gorger de l'énergie qui baignait le monde. C'est la pensée qui traversa Manuel en regardant la jeune fille.

Elle avait fermé les yeux sur ses traits où se mêlaient étrangement des expressions très graves et sereines à la fois. Au fond de sa poche, son poing s'était refermé sur le manche de bois de renne. Dans son ulu, elle puisait la force de ses ancêtres.

Manuel ne pouvait pas comprendre ce qui se passait dans la tête de la jeune Inuite vêtue de peaux de bête. Il n'avait jamais vu une expression d'une profondeur aussi inaccessible se dessiner sur un visage.

Il ne pouvait pas comprendre, parce que, pour lui, Uumajuit ne voulait rien dire. Uumajuit, ceux qui sont vivants. Cette catégorie du monde, cette idée, lui était inaccessible – presque inaccessible car il parvenait à en entrevoir des bribes. Pour Kisimiipunga, c'était au contraire la chose la plus naturelle du monde, la plus évidente. Comment, sans l'énergie d'Uumajuit, le monde pourrait-il être monde ? Et c'est bien de cette énergie qu'elle participait elle-même, comme la musaraigne des neiges et l'aigle polaire, l'ours blanc, le narval ou le phoque. Et cette énergie universelle baignait chaque molécule de son être.

Quoi de plus naturel que de la convoquer, à ce moment où elle en avait tant besoin ?

Manuel se trouvait subitement déboussolé.

Le visage de la jeune fille était si proche de lui, et elle si lointaine, qu'il se sentit soudain égaré dans cette immensité de glace. Ses certitudes vacillaient.

Il se souvint alors de la question qu'elle lui avait posée avant de tomber dans son étrange mutisme, et il s'y raccrocha comme à une bouée de sauvetage.

Sans bien savoir pourquoi, simplement pour apaiser son esprit et fuir le désarroi, peut-être, pour se rapprocher d'elle, se sentir moins seul au monde, il commença alors à répondre à cette question d'une voix monocorde :

— Ce qu'ils vont faire, eux ? Eh bien, j'imagine que s'ils voulaient simplement se débarrasser de moi, on serait plus là pour en parler. Ils auraient aussi bien pu lâcher un blopper tactique quand ils nous ont survolés. Blopp ! Terminé. Toute la matière organique aurait été vaporisée dans la sphère active. Évaporés, Manuel Diaz, Kisimiipunga, leurs chiens et toute chose vivante autour d'eux…

» Si on est encore là, c'est qu'ils veulent me prendre vivant, et c'est pour cette seule raison que tu es encore vivante toi aussi : ils veulent savoir tout ce que j'ai trouvé dans mon enquête. Parce que je suis sûr qu'ils ont découvert que j'ai mené une enquête clandestine. Ils veulent connaître tout ce que j'ai appris, cela leur ferait gagner quelques jours sur l'Esquive. Ces quelques jours dont tout dépend maintenant, avant le prochain Sommet.

» Ils vont donc débarquer pour me prendre.

Il chercha l'effet de ses paroles sur le visage de la jeune Inuite. Il n'y trouva rien. Elle tenait ses yeux fermés, pas un frémissement ne parcourait son visage.

Il aurait voulu la toucher, caresser sa joue, ses cheveux noirs du revers de la main. Il n'osa pas. Il ne sut rien faire d'autre que de poursuivre :

— Comme ils ont repéré à coup sûr le sonique envoyé par Sakkarah, ils savent qu'ils doivent faire vite. Je ne sais pas de combien de temps ils disposent avant qu'il arrive, mais eux, ils le savent. Le trio *commando* va débarquer une annexe rapide du furtif qui attendra en stationnaire, à un peu moins d'un kilomètre d'ici, sans doute, à l'abri d'une de ces collines.

Peu à peu, il s'habituait à parler à ce visage inerte. L'impression d'absence s'effaçait. Peu à peu, il acceptait d'être confronté à quelque chose qu'il ne pouvait pas comprendre. Kisimiipunga dégageait une telle force qu'il ne craignait plus de livrer ce qu'il devinait des préparatifs qu'étaient en train de mener ses anciens collègues.

— Tu vois, Kisimii, ils ont déjà tout prévu. Ils ont activé le brouillage magnétique, toute communication est impossible.

Il agita plusieurs fois le cylindre comme un briquet vide puis le jeta sur son sac, au fond de la pulka.

— Ils ont sans doute aussi programmé un champ de désactivation plasma tout autour de nous. Tiens, regarde…

Kisimii ne regardait pas. Pourtant, il se pencha vers son petit sac, en extirpa son pistoplasma réglementaire qu'il agita devant le visage de la fille comme s'ils discutaient ensemble. Le pointant vers le ciel, il appuya sur la détente, et rien ne se passa.

Il rejeta l'arme sur le sac, près du cylindre muet, sans autre commentaire.

— Voilà où nous en sommes, belle Inuite rebelle. Ils vont arriver en Voloto, avec leurs armes portatives. Ils n'auront qu'à me cueillir. Tu sais dans quel état est ma jambe… Qu'est-ce que je peux faire ?

» Toi ?

» Toi… Soit ils ont compris qui tu es, et ils connaissent alors l'intérêt que tes recherches représentent pour eux. Cette option serait ta meilleure chance. Car ils t'embarqueraient toi aussi, ce qui ne leur serait pas bien difficile.

» Mais s'ils ignorent encore tout de toi, s'ils ne se doutent pas du rôle que tu as joué dans la construction de l'Esquive, alors là, ils te supprimeront. De manière à laisser croire à une mort accidentelle. Ça non plus, ce ne sera pas bien difficile dans les conditions où on se trouve.

Manuel se rendit compte qu'il avait balancé ça sans aucun enrobage. Mais sur le visage de Kisimii, rien n'avait frémi lorsqu'il avait évoqué aussi abruptement sa mort prochaine.

Il pouvait poursuivre. Pour ce qu'il restait à dire…

— Quand ils auront fini le boulot, le Voloto rejoindra le furtif en quelques secondes et le polyv disparaîtra comme une comète derrière les montagnes.

» Voilà ce qu'ils vont faire…

Manuel avait dit la fin de sa tirade d'un seul trait, le regard dans le vague.

Quand ses yeux retrouvèrent Kisimii, son visage avait repris son expression naturelle.

Elle hochait la tête. Après ce qu'il venait de lui dire, il se demanda d'où lui venait la force d'esquisser un sourire. Parce qu'il croyait bien avoir deviné une esquisse de sourire s'accrochant furtivement à ses lèvres.

Il pensa qu'elle n'avait pas entendu les horreurs qu'il venait de débiter de sa voix monocorde.

Il se trompait.

— Ce que tu viens de dire, lança-t-elle en soulignant sa phrase d'un geste désinvolte, c'est *ce qu'ils croient qu'ils vont faire*…

Elle se redressa lestement, saisit un des bouts de corde lovés sur son traîneau et, se dirigeant vers la meute endormie, elle jeta au Gitan un regard par-dessus l'épaule :

— Nous, on va se débrouiller pour qu'il se passe autre chose.

*

Tchatka, la chienne de tête de l'attelage de Kisimii, leva soudain la truffe. Le museau pointé vers le ciel, elle lança une courte série d'aboiements secs et nerveux.

Manuel pensa qu'en voyant Kisimii s'approcher avec le bout de corde, la chienne avait cru qu'ils allaient lever le camp, et que, comme tous les chiens du monde sentant venir la promenade, elle jappait d'impatience.

— Ça sert à rien, Kisimii, s'entendit-il dire. Fuir est inutile. On n'a aucune chance.

Elle sembla ne pas l'entendre. Elle s'était accroupie au milieu des chiens et caressait l'encolure de Tchatka.

Au son des aboiements, les autres chiens s'étaient réveillés un à un, humant l'air vif de leurs truffes noires. De petits jappements émaillèrent le silence, puis s'amplifièrent très vite. Bientôt, les deux meutes furent parcourues de véritables hurlements.

Kisimii s'était levée au milieu des chiens, l'oreille aux aguets. Elle se tourna vers l'est, les yeux fixés sur l'horizon. Le soleil arrivait droit sur elle, la nimbait de lumière. Elle avait entendu quelque chose. Elle semblait humer, elle aussi, la brise claire.

Qu'entendait-elle ? Que sentait-elle ?

Arrivaient-*ils* déjà ?

Manuel tendit l'oreille, scruta l'horizon, lui aussi.

D'abord, il n'entendit rien que les jappements des chiens qui résonnaient sur la glace vive et commençaient à se teinter de panique.

Mais au bout de quelques secondes, à la limite des fréquences audibles, quelques vibrations atténuées par la distance se faufilèrent au travers du remue-ménage des équipages pour trouver son oreille. Il ferma les yeux pour mieux entendre.

Était-ce bien ça ?

Non, il ne se trompait pas.

En quelques secondes, une espèce de terreur gagna les meutes. Les chiens s'agitaient en tous sens.

Le visage tendu, debout parmi les chiens bondissants, Kisimii scrutait la butte en pente douce qui rapprochait l'horizon à un kilomètre, peut-être. Un instant, elle cligna des paupières dans le soleil rasant qui lui arrivait en pleine face, puis ses traits s'assouplirent soudain, son visage sembla se détendre.

Elle baissa alors les yeux vers la corde, et, d'un coup de reins, elle sortit de la meute.

Manuel regarda à nouveau, vers l'est. Le soleil levant l'aveuglait. Il saisit ses lunettes de glacier dans la poche de sa veste, les chaussa d'un geste rapide.

Au loin, dans la direction d'où montaient les hurlements, un halo de poussière scintillante s'élevait dans la réverbération de la neige. Au milieu, de minuscules masses grises allongeaient leurs foulées souples.

Les loups.

Leur meute lancée à toute allure fonçait droit sur le campement de fortune.

# Chapitre XXVI

*Mai 2089*

*Kalaallit Nunaat*
*Secteur de la Combe de l'Inuksuk*

— Commandant de bord à annexe rapide, commandant de bord à annexe rapide, répondez, s'il vous plaît !

Cath était nerveuse. Elle tâchait de n'en rien laisser paraître, mais les images fantômes qui hantaient son esprit commençaient à altérer ses analyses, elle le sentait et combattait la panique que cette idée faisait naître en elle.

Une espèce de mélopée indéfinissable s'était mise à accompagner parfois les images de plus en plus précises. Elle ignorait tout de ces chants de femmes. Katajjaq ne voulait rien dire pour elle. Mais ces voix se glissaient parfois jusque dans sa conscience. Tout comme le ulu,et l'inuksuk, dont une vision nette venait danser dans sa tête sans qu'elle en connaisse ni les noms ni l'usage.

Pourvu que tout se passe vite, pensait-elle. Et sans accroc. Oui, qu'ils en finissent vite avant que son esprit ne dérape vraiment. Et qu'ils regagnent la base où l'attendait le sas de flash mémoire. Que tout cela s'efface de ses souvenirs, avec les données de la mission.

Pour reprendre contact avec la réalité présente, elle répéta mécaniquement la même phrase :

— Commandant de bord à annexe rapide, répondez, s'il vous plaît.

Il y eut un grésillement cette fois, et la voix du chef du commando passa enfin sur la bande.

— Bien reçu, commandant, répondait Callaghan avec des inflexions qu'elle trouva rassurantes. On vient de remonter une vallée en zone d'ombre où la radio hertzienne ne passait pas. Mais tout va bien.

» Nous sommes en visuel sur la cible. On s'approche. Dans quelques secondes, je vous en dirai davantage…

*

Le Voloto rapide venait juste de quitter le furtif et de disparaître derrière une colline lorsque, sur l'écran de balayage radar, le point vert du cylindre s'était mis en route. La cible se déplaçait. Bien plus rapidement qu'un humain ne pouvait le faire. Un doute avait glissé sur l'équipage. Pourtant, Diaz savait bien qu'ils n'avaient aucune chance d'échapper au Voloto en prenant la fuite. Pourquoi tentait-il une telle manœuvre ?

Puis, comme pour amplifier le malaise, la liaison radio entre le furtif en stationnaire et l'annexe d'intervention rapide s'était brouillée pendant quelques secondes.

Elle venait de se rétablir. Le point vert filait toujours tout droit sur l'écran du balayage radar du vaisseau maître.

— OK, tout va bien, patronne. C'est des loups !

— Quoi, des loups ?

— Juste des loups, pas de mystère. Tout va bien…

Pour éclairer sa réponse, Callaghan sacrifia un peu de bande passante et enclencha son visuel sur la fréquence, pour que Cath constate par elle-même ce qu'il était en train de décrire :

— Ils ont été pris en chasse par une meute de loups ! Et les deux traîneaux fuient devant eux comme s'ils avaient le diable aux trousses…

Voilà qui expliquait le brusque départ de la cible. Sur l'image qui venait de s'afficher en hologramme sur l'écran maître, les chiens et leurs frères sauvages, séparés par une centaine de mètres peut-être, allongeaient les mêmes foulées coulées, puissantes, dans la neige poudreuse.

Oui, l'attaque des loups était une explication plausible au départ de la cible. Mais Cath ne parvenait pas à se détendre. Elle était mal à l'aise. Ses fantômes se teintaient de mauvais pressentiments. Les chants de gorge s'enflaient parfois pendant plusieurs secondes, avec une insistance presque hypnotique. Qu'avaient-ils branlé, les gars du labo, pour laisser charger autant de scories dans sa flash mémoire opérationnelle ?

Vivement qu'on en finisse.

— Nous allons déjà nous débarrasser des loups pour que le traîneau ralentisse, annonça Callaghan. Puis nous reprendrons notre plan d'action comme…

— Attention ! s'écria le juriste. Aucune trace de notre intervention ne doit subsister. Pas même de cadavres de loups à la mort suspecte.

Le chef du commando soupira. Quels emmerdeurs, ces putains de juristes ! Toujours à compliquer les choses.

— D'accord, mister Pèteburnes. On va les vaporiser. Bien malin qui en retrouvera une molécule…

— Négatif ! coupa la voix de La Gauffre. Pas de blopper. Diaz doit revenir vivant. Je répète. On ramène Diaz vivant.

L'ordre fut suivi d'un bref silence. Les souffles s'étaient suspendus.

Bouillant d'être réduit à l'impuissance, Gaufrette venait de tenter de reprendre la main. Depuis plusieurs minutes, ni lui ni Damien n'avaient réussi à en placer une. Tout juste arrivaient-ils à suivre. Drôles de circonstances pour commander une mission.

Seul le silence glacé répondit à son ordre.

Puis la voix du chef de commando retentit, nettement ironique :

— Merci pour l'objection, commandement. Bien reçu. Nous suspendons l'exécution. Stand-by. Nous attendons votre solution alternative.

» À vous, commandement.

La Gauffre avait raté une bonne occasion de se taire.

Son ordre tapait complètement à côté de la plaque. Un silence tendu s'était installé dans les cellules du furtif et sur les ondes.

Tous savaient que le blopper était la seule solution pour se débarrasser des fauves sans laisser de traces dans un temps aussi bref.

Tous savaient aussi que la sortie glaciale du chef de commando avait eu pour seul but de clouer le bec à Gaufrette, de lui mettre le nez dans le caca nerveux de sa crise d'autorité débile.

Il était tout aussi clair pour tous que, contrairement à ce qu'avait annoncé Callaghan, il n'avait rien suspendu du tout. Un de ses hommes était à coup sûr en train de régler le collimateur d'un blopper sur la meute, de programmer son sinus sur la longueur d'onde adéquate.

De toute façon, La Gauffre n'avait pas le choix. Il allait bien être obligé de faire machine arrière, de donner l'ordre de l'utiliser, ce foutu blopper tactique. Chaque seconde perdue était une nouvelle cagade.

Malgré lui, Damien sentit une vague de jubilation le traverser. La manière dont La Gauffre menait le commandement depuis quelques minutes avait creusé un fossé entre eux.

— La vaporisation est une bonne solution tactique, s'aventura le juriste qui marchait sur des œufs, en se débrouillant pour que son intonation donne à croire qu'il apportait une information nouvelle.

Bien vu. Cela laissait une ouverture à Gaufrette pour ne pas perdre la face. Il s'y engouffra tête la première.

— OK pour la vapo, lança-t-il comme un ordre. Puissance minimale. Je ne veux pas qu'on amoche Diaz. Visez juste. Les loups. Seulement les loups.

Il n'avait pas terminé sa phrase que le blopp caractéristique de l'arme tactique s'arrondissait sur les ondes.

La voix de Callaghan confirma immédiatement la destruction de la cible.

Sur l'écran maître de la cellule de pilotage qui transmettait toujours le visu du chef du commando, Cath et Damien avaient pu constater que les fauves lancés à toute allure s'étaient subitement volatilisés. Tout juste restait-il à la légère brise solaire un maigre nuage de poussière évanescente à disperser de son souffle glacé.

Le chef du commando regarda les traîneaux, indemnes, qui continuaient leur course.

« Bien joué, Callaghan ! » pensa Cath, puis son regard aperçut quelque chose sur l'holo de la scène. Quelque chose qui valdinguait lourdement à la suite des traîneaux filant vers l'horizon.

— Oh non ! murmura-t-elle. Putain, mais c'est pas vrai ! Dites-moi que je rêve ! C'est quand que ça s'arrête ?

Elle venait de reconnaître la carcasse du caribou que les attelages entraînaient dans leur sillage. Encore elle. Cette image qui avait été la première à venir hanter sa tête. Cette chose s'accrochait à elle.

Son malaise redoubla soudain. Dans sa tête chamboulée, la mélopée envoûtante reprit de plus belle.

*

Les chiens avaient senti que la menace des loups avait disparu. Instinctivement, ils avaient ralenti leur course, indifférents aux raisons de l'aubaine.

Lorsque le Voloto fut sur eux, les deux traîneaux étaient immobiles. Une légère vapeur s'élevait du pelage des bêtes.

Callaghan était resté à bord de l'annexe ; sur l'écran du furtif, on voyait les deux soldats, l'homme et la femme, s'approcher en silence du traîneau et de la pulka, attentifs à ne marcher que sur l'herbe rase.

À pas de loup, le doigt sur la détente de son arme, la fille avançait sans un bruit vers la silhouette de Diaz, toujours immobile ; le soldat vers celle de la jeune Inuite qui n'avait pas bougé d'un pouce. Rien ne bronchait, que les chiens qui grognaient contre les deux inconnus vêtus de combinaisons blanches, certains découvrant leurs crocs en troussant les babines.

Les souffles étaient retenus. Les canons des armes en étaient presque à effleurer le dos des silhouettes. Dans les cellules du furtif, la tension pesait sur les poitrines. Cela sentait l'embrouille, les soldats le savaient bien, redoublaient de prudence.

— Merde ! s'écria la fille soldat lorsque le bout de son canon porta sur la veste de l'homme.

— On est baisés, chef ! cria en écho la voix de l'homme.

Pour souligner ses paroles, il brandit brusquement la crosse de son arme qui s'éleva dans les airs, puis il fouetta furieusement la pelisse de la jeune Inuite. La fourrure de loup fut soulevée sous le choc. Elle vola sur un ou deux mètres, et s'affala sur le sol comme une poupée de chiffon lamentable.

Les deux sacs empilés qui donnaient à la silhouette sa forme humaine avaient roulé dans la neige et s'étaient arrêtés à quelques pas dans la pente neigeuse.

# Chapitre XXVII

*Mai 2089*

*Kalaallit Nunaat*
*Secteur de la Combe de l'Inuksuk*

Je ne bouge pas. Je ne tremble pas. Je suis un bloc de glace.

J'ai froid. C'cst normal. Contre mon ventre, la neige gelée est une brûlure. Dans mes mains, le métal gelé est une brûlure. Sur ma joue, le bois gelé est une brûlure. J'ai froid. Mais je ne peux pas trembler : je suis un bloc de glace. La glace ne tremble pas.

Une brise solaire s'est levée. Sous la neige, son souffle glacé caresse mon visage. J'ai froid.

Je suis invisible. La peau du caribou raidie par le gel, alourdie par la couche de neige dont je l'ai recouverte, pèse sur tout mon corps comme une chape de glace. J'ai froid. Mais je suis invisible. Je ne peux pas trembler. Je suis un bloc de glace.

Contre mon flanc, je sens le corps de l'homme, presque nu lui aussi. Il est glacé. Mais il ne tremble pas. Parfois, j'entends ses dents qui grincent.

La brise solaire est trop froide, trop sèche. Mes yeux n'ont plus de larmes. Ma vision devient trouble. Je dois faire quelque chose.

Lentement, très lentement, interminablement, ma main droite lâche le métal gelé, saisit un éclat de glace, le glisse dans ma bouche. La glace se colle au palais dans une brûlure douloureuse. Je ne frémis pas.

Doucement, la glace commence à fondre. Je ne l'avale pas. Je la garde dans ma bouche. J'attends qu'elle tiédisse. Puis je glisse un doigt dans ma bouche, je le mouille de ce mélange tiède que je dépose sur mon globe oculaire droit, tant pis pour le gauche.

Je bats des paupières, deux ou trois fois, lentement.

Voilà, un film humide recouvre mon œil. J'y vois clair à nouveau. Je vais garder mon œil fermé le plus longtemps possible. Faut pas qu'il sèche à nouveau. Je dois avoir une vision nette quand je le rouvrirai. Je n'aurai qu'une fraction de seconde.

Faut pas que je tremble. Mon œil droit doit rester humide.

Je respire lentement, par la bouche. Je dirige mon souffle sur le petit tas de neige que j'ai déposé juste devant mes lèvres pour éviter que de la vapeur se forme. Je respire bien. L'air glacé me brûle la poitrine. J'ai froid, mais je reste calme. Je suis immobile. Comme un bloc de glace.

Je suis un bloc de glace.

## Chapitre XXVIII

*Mai 2089*

*À bord d'un vieux sonique inuit qui a décollé de Nuuk, en vol vers le secteur de la Combe de l'Inuksuk*

Depuis que le cylindre ne répond plus, Sakkarah est inquiet.

Heureusement, dans quelques minutes, ils arriveront à l'endroit où se trouvaient Kisimii et cet Européen blessé lors de leur dernière liaison radio.

De cet Européen, il ne sait rien encore. Il était inconscient aux dernières nouvelles. Kisimiipunga n'a pas pu lui en dire davantage. Ami ou ennemi, il n'en sait rien. Ce qui est clair dans sa tête, c'est qu'il a un rapport avec l'Esquive.

Sakkarah a vu, lui aussi, les images macabres de la mer ravagée lorsque ce Nanseng, le médecin de Qeqertaq, lui a appris qu'ils avaient repêché le jeune.

Le jeune ? Le corps du jeune ? Sakkarah ne sait pas trop. Il n'était pas tout à fait mort, semblait-il. Mais bien malin qui pourrait dire où il en est en ce moment. Quoi qu'il en soit, il n'est sans doute pas près de pouvoir donner la moindre information sur les circonstances de l'accident. Peu importe. Sakkarah s'est fait son idée sur la chose ; l'état de la barge l'a conforté dans son intuition première.

C'est une pulsion qui l'a fait embarquer lui-même, au dernier moment, dans le sonique qui partait chercher Kisimii. Il sent que le temps presse. Parler à Kisimii, à cet Européen le plus tôt possible lui a soudain semblé nécessaire. En embarquant, il gagnait du temps, économisait la durée du trajet de retour avant de les rencontrer.

Il se passe quelque chose de grave, il le sent.

Quoi ? Il l'ignore. Mais il y a trop de signes qui s'accumulent. L'accident du parc aux narvals. Cet Européen désimplanté tombé des étoiles. Les intrusions clandestines dans la console de Kisimii et les données du labo de Qeqertaq. Le brouillard radio inexplicable qui a soudain rendu tout contact impossible avec le cylindre, juste à ce moment où tout s'accélérait. Ça fait beaucoup.

Dans quelques jours, le combat sera gagné. Mais l'Esquive a besoin de quelques jours encore. Six pour être exact. Jusqu'à la requête solennelle de la Confédération des Nations Premières prévue au prochain Sommet mondial qui réunira les pays membres du G30 et les pays tiers du monde.

D'ici là, les derniers réglages techniques de l'Esquive seront au point. La Conf aura les moyens d'imposer ses exigences. Le G30 n'aura pas le choix. S'ils refusent, dès la clôture du Sommet, disparition totale. Permanente. Le G30 sera bien obligé d'en passer par là où ils veulent. Libérer ces territoires de l'espionnage et du contrôle permanents qui durent depuis plus d'un demi-siècle ; depuis qu'ils ont obtenu un à un leur indépendance.

Quelques jours encore. Mais d'ici là, le dispositif de l'Esquive reste trop fragile pour subir une attaque.

Sakkarah laisse flotter son esprit. C'est sa façon de résoudre les problèmes. Les idées glissent dans sa tête dans un ordre sur lequel il ne cherche aucun contrôle. Il laisse faire. Peu à peu, elles s'organisent d'elles-mêmes selon une logique qu'il aurait été bien incapable de construire de manière volontaire. C'est ainsi que la lumière se fait dans sa tête.

— On arrive !

C'est le pilote qui lance cette phrase. Il doit crier pour couvrir les grondements des vieux réacteurs qui propagent leurs vibrations dans toute la carlingue.

Sakkarah quitte des yeux le glacier hérissé de pics de glace qui défile derrière le hublot. De grands gestes de l'index sur le pare-brise, l'homme désigne un point de l'horizon. Le pic fourchu. On arrive.

Cette masse caractéristique que l'on voit de très loin, c'est le point culminant de Diskø Øer, l'île qui marque l'entrée du fjord de Qeqertaq.

Il adresse un signe de tête au pilote. Oui, il a compris.

Ses yeux reviennent à son carnet de notes. Les coordonnées du point GPS du dernier appel du cylindre, notées de son écriture irrégulière. Il fourre le carnet devant le nez de l'homme aux commandes et tapote de l'index la ligne où figure l'information. Le pilote hausse les épaules d'un air bonhomme, désigne sa tête en riant :

— Tout va bien, patron, pas besoin de feuille de route. J'ai tout dans la tête.

Dans la tête… Sakkarah répond d'un sourire. Justement, lui aussi, depuis un moment, il a une idée qui trotte dans sa tête. Il veut appeler Nuuk. Le conseil de la nation inuite. Il n'ose pas encore. Cette idée est peut-être folle. Trop peu de choses l'étayent. Pourtant, il en est presque sûr maintenant, le G30 est sur une piste pour l'Esquive. Quand il a appris l'accident du parc aux narvals, il a tout de suite eu l'intuition que d'une manière ou d'une autre *ils* en étaient à l'origine, qu'*ils* avaient déjà réussi à remonter jusque-là. Vinaigre.

Depuis que Nanseng lui a fait passer les images, l'intuition s'est installée avec davantage d'assurance.

N'empêche, il hésite à demander le soutien de la défense nationale. C'est une décision bien grave à prendre sur des soupçons aussi vagues. Et puis, est-il en position de le faire ? Depuis le début, il s'occupe seulement de la faisabilité technique du processus de disparition qui est au centre de la stratégie de l'Esquive.

Il est scientifique, lui, pas chef de guerre.

Oh, il n'a pas de doute, le conseil le suivrait. La division Défense de Kalaallit Nunaat n'est pas bien puissante, mais il obtiendrait sur-le-champ le soutien de quelques bâtiments armés qui pourraient les rejoindre très vite.

Et comme c'est l'Esquive qui est en jeu, il devrait aussi pouvoir compter sur l'appui de toute la Confédération des Nations Premières. Des bâtiments affrétés par les Inuits du Canada ou les Indiens d'Amérique pourraient intervenir sans attendre. La Laponie aussi pourrait dépêcher une escouade rapide depuis le nord de l'Europe.

Mais il ne peut déclencher une opération d'une telle envergure sur les seules craintes d'un vieux bonhomme.

Il hésite encore.

Toc ! Toc ! Toc ! On toque à la vitre qui sépare la cabine de pilotage de la soute de l'appareil, en partie aménagée en unité de secours d'urgence. C'est le médecin. Il lui fait signe d'approcher.

Sakkarah défait sa ceinture de sécurité. Un peu voûté, cherchant des appuis sur des points fixes, il se dirige vers la porte de soute, la pousse. Le médecin désigne la grosse radio de bord d'un geste désappointé.

— Plus rien ne passe.

L'opérateur radio qui s'escrime sur l'appareil confirme sans lever la tête :

— Rien, sur aucune fréquence…

Sakkarah n'a pas besoin d'en entendre davantage. Il a compris.

Le sonique vient de rentrer dans un champ de brouillage.

Il ne s'était pas trompé, son intuition était juste. Ce n'était pas une simple panne qui rendait Kisimiipunga injoignable.

Debout dans la soute qui bringuebale, une main en appui sur la carlingue, il ferme les yeux. Un soupir vide sa poitrine.

Il a trop hésité.

Maintenant, il a la confirmation qu'il avait vu juste. La zone est bien au centre d'une intrusion, d'une attaque peut-être, derrière le rideau de brouillage. Mais cette confirmation même lui interdit d'envoyer tout message, toute information, toute demande d'appui militaire. Le sort est ironique.

Il balaie la soute d'un regard circulaire. La petite troupe qu'il est parvenu à réunir en quelques minutes se tient assise sur les banquettes de bois clair. Sauf le médecin qui tangue d'un pied sur l'autre dans le roulis de la machine et l'opérateur radio qui trafique son appareil en rade illuminé comme une guirlande. À part celui-là, tous le regardent. La réanimatrice, l'infirmier urgentiste, les deux femmes armées de vieilles carabines – deux volontaires des brigades populaires aux uniformes disparates, aux regards noirs et fiers, qu'il a prises en escorte.

Silence dans la soute. Chacun à sa manière, avec les informations dont il dispose, a bien pesé ce que signifie cette radio muette.

Les visages tendus attendent qu'il dise quelque chose. C'est son rôle, il faut qu'il décide.

Il ne dit rien. Il ne sait pas quoi dire.

Alors, il soutient chaque regard quelques secondes, un à un, sans oublier personne. Il ne veut pas que son silence ressemble à une dérobade. Il faut juste qu'il réfléchisse.

Lentement, il s'en retourne vers le siège de la cabine de pilotage, laissant ouverte la porte de séparation qui oscille en grinçant au gré des turbulences.

Il se sent vieux soudain, fatigué. Il se déplace lentement, mais ses pensées filent vite.

D'une part, s'il décidait de rebrousser chemin pour sortir du champ de brouillage, il pourrait sans doute donner l'alerte, mais son appel se prendrait à coup sûr dans les mailles d'un filet de surveillance du G30, et *ils* seraient les premiers informés des décisions prises.

D'autre part, il y a urgence. Il connaît les capacités d'action des forces du G30, la rapidité dont elles sont capables. Le temps qu'il perdrait pour sortir du champ de brouillage pèserait lourd dans la balance.

Sakkarah ne parvient pas à trancher. Il hésite encore, tourne le problème dans tous les sens.

Des bribes d'informations dont il dispose, une lumière jaillit tout à coup. En réalité, comme il n'a pas tous les éléments en main, tout n'est pas juste dans ce qu'il pense. *Ils* sont parvenus à identifier le poids des travaux de recherche de Kisimiipunga sur l'Esquive. Grâce aux intrusions sur sa console. Voilà ce qu'il pense. C'est à partir de là qu'ils ont lancé une opération clandestine pour prélever quelques narvals de l'élevage spécial de Kisimii afin de récupérer un peu de la précieuse matière première que les grands mammifères concentrent près de leur boussole magnétique, à la base de leur défense. Mais leur furtif lancé à toute allure a percuté de plein fouet un banc de narvals dans le bassin réservé aux spécimens « invisibles », ses instruments de contrôle et de pilotage étant incapables de repérer l'obstacle. Les pilotes croyaient traverser un bassin vide alors qu'il y avait là un banc compact de plusieurs centaines de mammifères pesant chacun près d'une tonne. Un mur vivant que les appareils de navigation ne pouvaient détecter. Le choc inévitable. Le furtif fou percutant en pleine vitesse la barge de ce Knud dont Kisimii parle avec tant de fièvre.

Les pensées s'enchaînent enfin avec clarté. S'*ils* en étaient déjà à ce point-là de leur enquête, cela signifie qu'une équipe d'intervention spéciale est en train d'essayer d'enlever Kisimii, pour tâcher de percer les secrets de ses découvertes. C'est ça que dissimule l'écran de brouillage.

Kisimii est en danger, voilà sa certitude. Et s'ils parviennent à l'enlever, l'Esquive aura du plomb dans l'aile, car sans elle, sans ses résultats, beaucoup de retard pourrait être pris sur le programme. Ça, c'est une autre certitude.

En réalité, les choses sont plus complexes que ce que croit Sakkarah.

Il l'ignore. Il ignore beaucoup de choses en définitive.

Mais somme toute, dans les grandes lignes, il n'est pas si loin du compte.

En tout cas, sa décision est prise. Il n'y a plus une minute à perdre.

Un coup d'œil au pilote. Crispé sur ses commandes, il attend un ordre. Sakkarah prend alors conscience que dans la soute le silence figé persiste. Tous l'observent à travers la porte qui bat toujours au gré des turbulences. Ils attendent.

À de menus détails, une main qui glisse sur le front, un léger mouvement de nuque, une inspiration plus profonde, ils savent que sa décision vient d'être prise. Ils sont suspendus à ses lèvres.

— On continue, on avance. Il faut faire vite.

Il fait un geste en direction du pare-brise. C'est la Combe de l'Inuksuk qu'il désigne. Automatiquement, les regards suivent son geste. Il a du charisme.

Et là, tout près de l'horizon, une minuscule étoile semble naître sous leurs yeux, bien loin derrière le pic fourchu de Diskø Øer, à la limite de la plaine vallonnée et du grand inlandsis hérissé de montagnes de glace. Instantanément, l'étoile enfle de manière monstrueuse. C'est une explosion qu'ils contemplent.

Un embrasement balaie l'horizon comme une flamme, une boule blanche éblouissante en son centre et de longues langues d'un orangé de plus en plus dense vers les pointes.

Lorsque le souffle de la déflagration leur parvient, la flamme s'est déjà rétractée sur son point d'origine. L'appareil déséquilibré vibre comme une feuille. Il louvoie, vacille. Puis le pilote en reprend le contrôle dans une courbe très ample.

Alors seulement, le grondement de l'explosion arrive jusqu'à eux, un grondement grave, profond, assourdi par la distance.

Plus rien ne bouge à l'horizon qu'un champignon de fumée noire qui se perd lentement dans le ciel bleu intense.

# Chapitre XXIX

*Mai 2089*

*Kalaallit Nunaat*
*Secteur de la Combe de l'Inuksuk*

Cath n'a pas compris tout de suite. Dans son esprit, c'est la pagaille. Les fantômes sont devenus de plus en plus présents. Ils se sont organisés, ont pris consistance. Et maintenant, son esprit boosté par la Speedrone turbine davantage sur ces images que sur les données de pilotage.

La réalité de la mission lui paraît de plus en plus lointaine, vaporeuse. Pourtant, depuis quelques minutes, il s'en passe, des choses.

Il y a eu ce coup de théâtre. Le psy du trio *scizhums* lui-même n'avait rien vu venir jusqu'au moment où la pelisse de loup et les deux sacs de cuir avaient roulé dans la neige.

Et puis il y avait aussi ce maquis d'images, de chants, d'impressions étranges qui s'activaient jusqu'alors dans les coulisses de sa conscience, et qui avait subitement pris le devant de la scène. Le travail de pilotage était passé en sourdine. Son esprit le traitait comme en tâche de fond. Quelque chose de plus important avait pris la vedette.

Dans les brumes d'un rêve, elle avait suivi la ronde folle des communications internes, des données numériques défilant sur les écrans secondaires, des visus de Callaghan qui flottaient sur l'écran maître.

Dès qu'ils avaient compris que les traîneaux étaient vides, les deux soldats en combinaisons blanches avaient couru vers l'annexe, se moquant désormais de laisser des traces sur les plaques de neige. Les échanges avaient fusé entre les membres de l'équipage. Le Voloto s'était remis en recherche active : ils étaient bien quelque part, ces deux zèbres, ils n'avaient pas pu se dissoudre.

L'annexe rapide avait sillonné la zone sans relever la moindre trace. Pas la moindre piste. À deux reprises, ils avaient survolé le point GP11, où Diaz et la fille avaient établi leur campement de fortune. Rien. Personne.

Les détecteurs thermiques n'indiquaient pas la moindre chaleur suspecte. Sur leurs écrans infrarouges, seules quelques traces ténues de chaleur fossile formaient de petits creux ovales, là où les chiens roulés en boule dans la neige dormaient encore quelques minutes auparavant.

*

— Le sonique en provenance de Nuuk vient de pénétrer dans le champ de brouillage. Il continue à filer droit sur le point GP11. Arrivée sur zone dans trois minutes et trente secondes s'il ne change pas d'allure.

La voix du navigateur n'avait eu aucun effet sur Cath. Mais elle avait fait bondir le juriste.

— Merde, merde, merde, avait-il glapi comme une marmotte. On annule tout. Commandement ! Je recommande l'arrêt immédiat de la mission.

— Impossible qu'ils nous repèrent, avait objecté le second pilote pour calmer l'agité. Leurs appareils de bord sont incapables de percer le brouillard magnétique.

— Mais bordel ! Ils seront assez près pour *voir* le furtif, ou l'annexe. Ils ont des yeux, merde ! Ni le Voloto ni le furtif ne sont invisibles ! Et ils pourront filmer, même avec le cylindre le plus rudimentaire.

Cath suivait désormais cette affaire avec distance, indifférente au sort de la mission. Les infos défilaient sans pouvoir l'atteindre.

Le juriste avait affiché sa plus grosse barrette rouge sur tous les écrans, poursuivant sa harangue qui résonnait dans toutes les cellules :

— Arrêt immédiat de la mission ! À l'intention du commandement : je préconise l'arrêt immédiat de notre mission. Si nous sommes vus, la Cour internationale ne nous...

— Ta gueule, coupa La Gauffre. Hors de question qu'on arrête, juriste de mes choses !

» Et toi, Callaghan, grouille-toi avec les recherches ! (Il se mit à singer la voix du militaire :) « *Quinze minutes, commandement... On peut largement intercepter la cible en moins de quinze minutes, si on nous dépose tout de suite... gnagnagna.* » Tu parles !

» Je te préviens, Callaghan ! On repartira pas sans Diaz ! Ou alors, je vous largue sur place. Et on bloppe la zone quand on se tire ! Rien à foutre d'incapables qui ne savent régler des opérations… que sur leur console !

La Gauffre pétait un câble. Son dérapage soulevait une stupeur indécise.

— Ça suffit ! coupa une voix qui figea tout le monde comme un coup de cymbales.

Dans les cellules, on resta pétrifié, incrédule. Le ministre en personne avait pris la parole via l'IA centrale. Regards interloqués. De mémoire d'équipage, on n'avait jamais vu une intervention de ce genre. Le grand patron suivait l'opération en direct… En liaison permanente !

Le ministre estima longuement la qualité du silence qu'avait déclenché son coup de gueule. Dès qu'il fut certain que tous étaient pendus à ses lèvres, il confirma l'ordre.

— On continue la mission, martela-t-il de sa voix la plus dure.

Depuis que l'opération était partie en capilotade, il voulait tout contrôler depuis son cabinet. Il lui fallait remettre les pendules à l'heure :

— La capacité de nuisance de Diaz serait fatale s'il rejoignait l'Esquive. On ne peut pas se payer le luxe de lui laisser une seule chance de le faire. Il faut le récupérer. À tout prix.

» Et s'il était impossible de le ramener avec nous, nous devrions faire le nécessaire pour… pour qu'il ne puisse jamais soutenir l'Esquive.

— Et le sonique inuit qui arrive ? essaya encore le juriste.

— Nous aviserons.
— Mais il sera là dans trois minutes !
— Alors, nous aviserons dans trois minutes…

*

Cath était ailleurs. Peu à peu, une autre vision du monde avait investi sa conscience. Un univers où le tour désastreux que les choses avaient pris devenait simple broutille.

— Bien compris, monsieur le ministre, annonça la voix de Callaghan. Nous faisons encore un survol du point GP11. En rase-mottes cette fois. On va bien finir par trouver quelque chose.

Dans la cellule du trio *commandes*, l'écran maître transmettait toujours le visu de Callaghan. Rasant le sol recouvert de neige, le Voloto remontait les quatre sillons bien nets laissés par les traîneaux et leurs attelages.

Au sommet d'un petit monticule, il se mit en stationnaire. Au bas de la pente neigeuse, le campement déserté. Là, dans le creux de ce vague vallon, les nombreuses marques de pas laissées par Kisimii dans la neige se mêlaient aux traces ovales laissées par les chiens endormis. À leur frange, les cendres sombres du petit feu de tourbe.

Cath ne parvenait pas à détacher son regard du vallon sur l'écran. Puis elle se détendit. Un mince sourire s'esquissa sur ses lèvres.

Au milieu de l'endroit où les chiens avaient dormi, une minuscule lueur jaune orangé naquit sur la neige. La langue d'une flamme sembla jaillir du sol. Elle pointait droit sur l'écran.

L'éclat orangé s'évanouit aussitôt sur le fond de neige, et un grand flash blanc dévora toute l'image. Elle scintilla un instant d'une intensité éblouissante. Puis l'éclair se rétracta comme une étoile mourante en laissant sur l'écran un voile uniforme d'un gris sombre un peu terne.

# Chapitre XXX

*Mai 2089*

*Kalaallit Nunaat*
*Secteur de la Combe de l'Inuksuk*

Je ne tremble pas. Je ne pense pas. Un bloc de glace ne pense pas. D'où me viennent ces images ?

Deux fois déjà leur engin est passé au-dessus de nos têtes. La seconde, il a croisé ma ligne de mire, presque une seconde entière. Il n'allait pas vite. J'aurais pu lâcher le coup, le toucher peut-être.

Mon index a refusé de fonctionner. Trop froid. Tout mon corps est glacé. À côté de moi, les dents de l'homme ne grincent plus. Je ne sens plus son corps contre le mien. Je n'ai plus de corps. Il faut que je tienne. Je n'ai plus de corps, mais j'ai un index, le droit. Il faut que je le réchauffe, qu'il redevienne mobile. Ils vont revenir, c'est sûr. Tant qu'ils n'auront pas trouvé, ils reviendront.

Mon index est blanc. Tout blanc. Gelé. Comme la glace. Les autres doigts aussi d'ailleurs. Je glisse l'index dans ma bouche. Pour les autres, il n'y a pas la place dans la mince ouverture que je parviens à ménager à grand-peine. Ces images, encore, qui reviennent. Je dois devenir folle. Ne pas trop *vouloir*, surtout. Laisser faire. Je dois trop vouloir qu'il arrive, vite. C'est pour ça que je le vois dans ma tête. Il est de l'autre côté de la colline. Je ne peux pas le voir, bien sûr. Faut pas que je délire, pas que j'imagine. Je dois juste être *là* quand il va repasser. Pas dans des rêves. Faut juste que je sois *là*, et que mon index fonctionne.

L'Européen hallucinait quand il m'a vue me déshabiller, les pieds nus dans la neige. Mais il n'a pas bronché quand je lui ai dit de faire de même. Pour le bas, il a fallu que je l'aide à découper la combi synthétique. Sa jambe. Ensuite, j'ai dû faire le trou pas trop loin de lui. À cause de sa jambe, encore. Il ne comprenait rien. C'est quand j'ai commencé à creuser qu'il a compris. Je l'ai vu dans ses yeux. Puis je suis allée chercher la peau du caribou, je l'ai dépliée sur le trou, recouverte d'une bonne couche de neige, en faisant des creux qui imitaient ceux qu'y laissent les chiens quand ils dorment, et nous nous sommes glissés sous la peau ainsi dissimulée.

Je pense trop. Faudrait que j'arrête. Mais penser, c'est la seule chose qui me tient encore vivante. Je peux bien dire ce que je veux, au fond, je sens bien que la vie se retire. Le froid est rentré jusqu'aux os. Il me sauve. Je suis invisible. Mais il chasse aussi la vie de mes membres. Il faut que mon index fonctionne. Pour qu'il fonctionne, je dois rester vivante. Bon, alors, tant pis s'il faut que je pense. Ça m'aide à rester vivante. Je ne tremble pas. J'y vois clair. Et maintenant, mon index fonctionne. J'arrive à le bouger dans ma bouche. L'engin arrive, je le sais.

Il remonte les traces que les traîneaux ont laissées dans la neige. Il les suit, il remonte la colline, de l'autre côté. Il vole bas. Lentement. Encore plus lentement que tout à l'heure. Mais d'où me viennent ces images ? Je ne les chasse plus. Je ne veux plus. Je laisse faire.

En tout cas, il arrive. Je vais le voir bientôt. Je le sais. Juste à l'endroit où les traces des traîneaux plongent de l'autre côté. Au sommet de la colline.

Mon index fonctionne. Je le sors de ma bouche. Je le pose délicatement sur la détente. Une morsure horrible. Dès qu'il l'a touché, il s'est soudé sur le métal gelé. Je ne peux plus l'en retirer. J'ai l'impression qu'on m'a coupé le doigt avec un fer rouge. Je ne tremble pas. La douleur a traversé mon corps, j'ai senti mon cœur s'envoler dans ma poitrine. Il bat. Il bat. Il bat. Je suis vivante. Mon index fonctionne. Je suis invisible. Je n'ai pas mal. Je ne peux pas avoir mal. Je suis un bloc de glace.

L'engin est là. Je ne rêve pas cette fois. Il n'est plus dans ma tête, en images. Mais bien là, au sommet de la colline. Je le vois. En vrai. Avec mes yeux. Pile dans ma ligne de mire. Il ne bouge pas. J'ai le temps. *Ils* ne me voient pas, eux. Les capteurs infrarouges ne trouvent pas de chaleur. Je suis un bloc de glace. Je suis invisible.

Dessous. Il faut que je vise dessous. Sous le ventre de fer de cet oiseau de fer. Les loups étaient bien plus loin, hier. Je n'ai pas cliqué ma lunette. Mon canon va porter la balle plus haut que la croix du réticule.

Là, tranquille. Calme. Mon index fonctionne. Il appuie doucement sur la détente. Elle résiste. Il faut appuyer plus fort. Le gel a dû prendre la gâchette. Je ne tremble pas. Je serre très fort sur la détente, et je ne tremble pas. La glace me donne sa force. J'ai la force du gel. Le gel brise les roches. J'appuie sur la détente, comme le gel qui fend les roches. Sans trembler. La croix reste bien fixe. Juste au-dessous du ventre de la machine.

Clac. L'acier gelé a cédé sous mon doigt. La détonation éclate. Je sens distinctement la peau de mon doigt qui s'arrache. Il n'est plus collé à la détente. Il est libre. Leur engin est toujours en place. Je suis sûre que j'ai visé juste. Mes idées s'emballent. Il doit être à trois cents mètres, un peu plus peut-être. Ma balle va mettre une demi-seconde pour atteindre sa cible. Le réservoir de carburH caché dans le ventre de fer. J'ai visé juste. Je n'aurais jamais cru que ça puisse être aussi long, une demi-seconde. Qu'est-ce que je pense vite !

D'un seul coup, l'horizon s'embrase. Au sommet de la colline, ce n'est plus qu'une immense langue de flamme, presque blanche en son centre et de plus en plus orangé vers les franges, qui balaie tout l'espace. De grandes pièces de métal fusent en tous sens, projetées dans les airs.

Le bruit de l'explosion met longtemps à arriver jusqu'à mes oreilles. Une éternité peut-être. Mes idées défilent. Le son va moins vite que ma balle. Deux fois moins vite. C'est long, une seconde tout entière.

Puis la déflagration déboule, pulvérise mes oreilles. Ensuite arrive l'effet de souffle. Il chasse devant lui une vague de poussière de neige qu'il arrache au sol gelé. La vague est sur nous. Je sens sa gifle gelée sur mon visage. Elle soulève la peau du caribou recouverte de neige. L'emporte comme une brindille.

L'homme est là, allongé près de moi. Je l'avais presque oublié, tout ce temps interminable. Je le vois. Il me regarde. La vague de neige s'éloigne derrière nous. Le temps retrouve son élasticité normale. Là-bas, au sommet de la colline, une colonne de fumée noire monte droit vers le ciel.

Je me suis redressée sur mon flanc. L'homme est là, contre moi. Il me regarde. Il ouvre la bouche. Il veut parler. Il ne peut pas. On se regarde. Moi non plus, je ne peux rien dire. C'est un vertige.

Je le prends dans mes bras. Il faut qu'on se réchauffe. Il comprend. Il me serre. On est vivants. Je ne suis plus un bloc de glace. Mon cœur tape dans ma poitrine. Je sens son cœur contre ma poitrine. Son souffle sur la peau glacée de mon épaule. On est vivants.

Faut pas que je pleure. Mes larmes gèleraient tout de suite.

# Chapitre XXXI

*Mai 2089*

*Kalaallit Nunaat*
*Secteur de la Combe de l'Inuksuk*

Damien perd les pédales. Il ne comprend pas. À côté de lui, Cath a longtemps gardé le regard fixé sur l'écran uniformément gris où plus rien ne bouge depuis l'explosion de l'annexe. Le visage inerte, les yeux fixes, ses lèvres pincées en une expression étrange. Il n'a pas pu croire que c'était un sourire. Une hésitation a frémi sur ses traits calmes. Il lui a dit quelque chose, il ne sait plus quoi, juste pour essayer de rétablir le contact. Elle n'a pas semblé l'entendre. Puis, tout d'un coup, son buste s'est brusquement redressé dans son siège, ses mains ont abandonné le manche de pilotage, se sont mises à voler sur l'immat de sa console.

Les mots ne peuvent pas l'atteindre.

— Cath, Cath ! Qu'est-ce qu'il t'arrive ?

Elle ne répond pas. Elle ne l'entend pas, peut-être. Elle tape à toute vitesse sur les touches virtuelles.

Quand le visu de Callaghan s'est éteint sur l'écran maître, il y a eu un flottement dans le furtif, qui est nettement passé sur les ondes. Puis le navigateur a confirmé la perte de l'annexe.

Depuis, les communications fusent. Damien ne répond pas. Il n'a rien à répondre. Il ne sait plus. Le comportement de Cath l'inquiète. Les voix s'enchaînent. Les infos fusent.

— Qu'est-ce qu'il s'est passé ?

C'est Gaufrette qui demande.

La dernière image qu'a vue Callaghan s'affiche sur l'écran maître. Quelqu'un a remonté le film. Zoom sur la petite langue de flamme jaillie de la neige.

— Un coup de feu…

Un doute plane.

— Incroyable ! Un seul coup de feu pour tout ce grabuge ! Un seul coup de feu à l'antique poudre vive.

— Aucun survivant du trio *commando*, a priori, annonce le navigateur, les yeux rivés sur le détecteur thermique. Par contre, Diaz et la fille sont réapparus…

Sur l'écran infrarouge, toute la zone brûlée par le pourpre de l'explosion reflue lentement vers son point d'origine. À sa frange, dans le fond du vallon, un point plus sombre est apparu sur le fond blanc brouillé. À peine visible d'abord, son rouge est devenu de plus en plus soutenu. Puis il s'est scindé en deux points distincts qui se déplacent de concert.

— C'est foutu. On récupérera pas Diaz. Ni la fille.

— On va pas les laisser vivants, en tout cas, martèle La Gauffre.

— Avec les restes du Voloto pulvérisé, c'est une catastrophe, trépigne le juriste.

— Pas moyen de nettoyer la ferraille, mon pote… Elle va rester sur place.

— Les annexes d'intervention sont anonymées. Identification formelle des débris impossible.

La Gauffre réfléchit vite, tranche. Il lâche son ordre. Il l'aboie, presque.

— Évacuation immédiate. Vaporisation du vallon avant qu'on décarre. Mettez la dose.

Damien ne bronche pas. L'idée le révulse, lui colle la nausée. Mais il n'a pas la force de s'opposer. Il n'aurait aucune chance. Quoi qu'il dise, l'équipage suivrait La Gauffre car le ministre confirmerait lui-même l'option, il sont sur la même longueur d'onde.

Un grand vide le gagne. Il pense à Diaz. Les idées qui faisaient leur chemin toutes seules dans sa tête émergent dans sa conscience.

Ce qu'il n'avait pas voulu voir pendant tout ce temps soudain l'aveugle. Il a choisi, le Gitan. Il a choisi la vie. Les humains qui ont encore quelque chose d'humain.

Voilà ce qui s'impose à Damien à ce moment, dans le ventre de métal de cette machine de guerre…

Lui, il a raté son rendez-vous. Il est trop tard maintenant.

Puis d'autres idées s'enchaînent. Cette fameuse piste qu'aurait laissée Diaz et qui chiffonnait tant La Gauffre. Ce n'est pas une piste, mais une signature. Une revendication, des explications, il ne parvient pas à trouver le mot juste. Un message en tout cas. Il a voulu laisser une chance de comprendre les vraies raisons de sa disparition. Clamer qu'en vérité, ça n'a rien d'une fuite. Que c'est une course. Une course vers la vie.

L'esprit de Damien déroule de lui-même. Il y a quelque chose au bout de la ficelle, il le sent. À qui pouvait bien s'adresser ce message ? De qui le Gitan pouvait-il espérer être compris ?

De lui, bien entendu. De son vieux pote. De qui d'autre ? À qui d'autre aurait-il pu vouloir adresser un message ?

Le monde vacille. Il a compris, enfin. Il aimerait que Diaz le sache. Il aimerait le lui dire. Ou le regarder, simplement, qu'il le lise dans son regard.

Trop tard.

La tête lui tourne.

Sur le siège voisin, Cath s'active toujours sur sa console, indifférente à tout le reste. Dans la cellule, le second et le navigateur s'affairent eux aussi, ils n'ont rien remarqué du manège de Cath.

— Reçu cinq sur cinq, annonce le second pilote. Je prends le relais du trio *commando* sur le plan militaire. Paramétrage d'un blopper tactique de deux mégatonnes en cours.

Sa voix reste suspendue. Il attend quelque chose. La capitaine devrait confirmer, annoncer l'option d'itinéraire du repli, le moment du décollage. Il a besoin de ces infos pour son paramétrage.

Rien ne vient. Silence.

Il se tourne vers la capitaine. Bon sang ! mais qu'est-ce qu'elle fiche sur sa console ?

À ce moment, la voix du navigateur résonne dans la cellule, couvre le ronronnement des machines :

— Le sonique inuit arrive sur site. Je répète : le sonique inuit va arriver au point GP11.

Le second regarde Damien, désigne Cath du menton. Qu'est-ce qui se passe ?! Damien ne répond pas, il en est bien incapable. Tout se télescope. Le second essaye encore.

— Capitaine ! Capitaine ! L'option d'itinéraire !

— Pas question que le sonique puisse nous voir décoller, prendre des images.

Le juriste. Sa voix se superpose. Les répliques se croisent.

— OK. Neutralisation du sonique, assène La Gauffre.

La réponse de la capitaine devrait fuser. C'est elle qui doit prendre le relais.

— Capitaine ! Capitaine ! essaye encore le second. Répondez, vite.

Elle continue, tout à sa tâche, indifférente.

La voix du second a perdu son flegme. Il faut qu'il prévienne les autres.

— Second pilote à tout l'équipage, la capitaine a une défaillance. Elle ne répond pas. Je… je ne sais pas ce qui se passe.

Cath entend tout cela, c'est obligé qu'elle entende. Elle ne bronche pas, ses mains volent sur l'interface. D'un geste ample de son bras, elle tape un dernier signe sur le clavier virtuel.

Voilà, elle en a terminé. Elle appuie son dos sur le siège, s'installe dans une position confortable, puis elle ferme les yeux, le visage étrangement paisible.

— Bon sang, vous allez me dire ce qui se passe ! tonne La Gauffre.

— J'en sais rien, répond le second pilote. La capitaine ne répond pas. Elle doit faire un malaise. Je sais pas.

— Je m'en tape, du malaise. J'ai besoin d'un capitaine. Tout de suite !

Damien décroche ses ceintures, se lève, se dirige vers le siège de pilotage. Il veut faire quelque chose. Pour elle. La Gauffre se tape de la fille ? Lui, c'est de la mission qu'il se moque maintenant.

— Ses données biométriques sont parfaites, annonce le psy qui a épluché les graphiques de Cath depuis sa cellule. Elle a eu une activité cérébrale un peu anarchique depuis notre arrivée sur zone. Dans ses électros, j'ai trouvé trace de séquences mentales qui ne ressemblent à aucune des siennes. Mais maintenant tout est rentré dans l'ordre. Elle est consciente ?

— Oui, répond le second pilote. Enfin, elle n'est pas dans les vapes. Mais elle ne réagit pas. Elle est dans son monde.

— Elle fait un choc. Une réaction à la Speedrone, peut-être liée à ces séquences mentales étrangères. Avec le flash mémoire, il y a parfois des trucs bizarres, des scories indésirables. Et là, avec le traumatisme qu'elle a subi dans le sas de sortie de sa dernière mission… C'était imprudent de la désigner pour cette mission, je l'avais signalé. Il faut que je l'examine.

— Comment ça, imprudent ? souffle Damien. C'est maintenant que vous le dites…

— Décision du ministère, rien à dire. La capitaine Vinzel est un sujet remarquable pour les chargements de flash mémoire. C'est pour ça qu'elle a été choisie par l'état-major. Elle réagit mieux que personne, et c'est le meilleur commandant dont on dispose.

Mais elle devait raccrocher. Elle était en sommeil depuis son dernier sas de sortie. Elle y avait laissé trop de plumes, il aurait fallu la réformer définitivement, c'était mon avis. Mais les autorités ne voulaient pas renoncer à elle, c'est leur meilleur capitaine de navigation.

» Ne bougez pas, il faut que je la voie. J'arrive.

— OK, je suis prêt pour prendre le commandement, annonce le second pilote.

Un regard sur les données, et il annonce :

— Itinéraire 5 pour le repli. Décollage dans treize secondes. Vous validez, commandement ?

— *Yes !* répond La Gauffre. Je valide tout ce que tu veux, mon pote. Je m'en contrefiche. Si ça nous laisse le temps de régler son compte au sonique et de nettoyer toute la zone…

— Affirmatif. Voilà l'option que je propose : décollage rapide, puis on lâche un gros blopp sur zone. Rayon trois kilomètres. On traite tout d'un coup : Diaz, la fille, les occupants du sonique, et toute matière organique dans le périmètre. C'est l'option la plus rapide. La plus fiable.

Une barrette orange s'affiche au coin des écrans. Le juriste :

— Pas mal… Remplacez juste votre petit « blopp » par un gros « boum ! » et je passe au vert, capitaine ! Au point où on en est, une bonne vieille bombe nucléaire Hydro 4, et on est sûrs que personne ne retrouvera jamais d'images, de film, de matériel ou je ne sais quoi d'autre.

— Validation BH4, lance La Gauffre. Allez, allez… On se magne !

— Reçu. Décollage dans…

Les doigts du second pianotent sur sa console. S'affolent. Ils cherchent une donnée dans les colonnes de chiffres. Elle se dérobe.

Damien s'est approché de Cath. Le seul être humain dont il se sent un peu proche dans cette putain de machine. Le seul être humain, peut-être. Elle pourrait comprendre, elle, il en est sûr. Comprendre ce qu'il ressent d'avoir su lire le message de Diaz. Mais elle est ailleurs…

Ses yeux sont fermés, son visage paisible. Toujours le même sourire, satisfait, peut-être. C'est fini pour elle. Ses lèvres frissonnent, comme un murmure inaudible. Elle chantonne dans sa tête. Les variations de lumière des écrans animent son visage. Damien tend la main. Ses doigts effleurent la joue pâle. Cath ouvre les yeux. Le reconnaît. Son sourire s'éclaire. C'est à lui qu'elle sourit maintenant. Pas dans le vide. Il répond à son sourire.

— Merde, merde, merde ! tonne le second. Mais qu'est-ce qu'elle a foutu ?

Il n'arrive pas à rentrer dans les données de la capitaine.

— Un problème ? demande La Gauffre.

— Elle a tout verrouillé, la conne ! 'tain, je veux pas le croire !

C'est de Cath qu'il parle. Elle est là, à quelques mètres de lui, mais il parle d'elle comme si elle était à l'autre bout du monde. Il n'a pas tort au fond, elle *est* à l'autre bout du monde.

— Qu'est-ce qui est verrouillé ?

— Tout le bloc de commandes. Verrouillé par un code. Une clef à équations paramétriques sur cent vingt-huit couches.

Ses doigts dansent sur les touches à une vitesse folle.

— Je peux pas la cracker. Il faudrait une demi-heure. On est cloués sur place. Je répète : appareillage impossible.

La Gauffre se gratte la tête, soupire. Voilà autre chose…

Le psy arrive près de Cath. Il pose sa main sur son bras. Elle le retire. La voix du second pilote emplit les cellules. Il panique :

— Non, mais c'est pas vrai ! Elle est folle ! Elle a tout verrouillé.

» Et elle a aussi bidouillé quelque chose du côté de l'armement tactique. Mais, je peux pas dire quoi, la zone réseau est verrouillée par son code.

— Regardez ! s'écrie le navigateur. Sur le détecteur thermique. Un point est apparu. Un des *commandos* a survécu à l'explosion de l'annexe. Incroyable ! C'est la femme, elle est vivante… Son siège éjectable a dû…

Il s'interrompt. Personne ne l'écoute.

Le psy a attrapé le bras de Cath. Elle ne le retire pas cette fois. Elle le regarde. Elle lui tire la langue.

— Putain, non ! C'est pas vrai ! Elle a activé un blopper tactique… On est en plein centre. On…

Le second pilote n'a plus de mots. Ses yeux s'agrandissent. Plus un son ne sort de sa bouche.

Cath se détourne du psy qui a lâché son bras. La surprise. Ce n'est pas tous les jours qu'on lui tire la langue. Puis elle se tourne vers Damien. Elle lui sourit. Elle va dire quelque chose.

Mais elle ne dit rien. Elle n'a pas le temps.

Blopp !

La seconde d'après, il n'y a plus personne dans les cellules.

Seule une fine poussière flotte dans la lumière changeante des écrans où défilent des chiffres dans le ronronnement feutré des automatismes machines.

# Chapitre XXXII

*Mai 2089*

*Kalaallit Nunaat*
*Secteur de la Combe de l'Inuksuk*

Taamusi Qumaq est arrivé à la Combe de l'Inuksuk plus vite que prévu. En malmenant la mécanique des ski-doo, ils avaient gagné plusieurs heures sur l'horaire. Comme il ne restait plus de cylindre disponible à la Maison du Village, ils n'avaient plus aucune nouvelle depuis le moment où ils avaient quitté Qeqertaq à la hâte dans l'après-midi de la veille. Comme Taamusi Qumaq ne savait rien de ce qui s'était passé depuis son départ, il avait eu tout le temps du voyage pour se ronger les sens.

Quelques kilomètres avant la combe, ils étaient tombés sur les attelages égarés. Les chiens hagards. Les sacs qui avaient roulé sur le flanc de la pente, la pelisse de Kisimii abandonnée dans la neige. Sur le vieux visage malmené par la longue course, l'inquiétude soulignait ses traits. Ils avaient attaché les attelages abandonnés à leur suite à l'aide de longs traits de corde, puis ils avaient repris la route.

Un peu plus loin, ils avaient découvert les restes calcinés du Voloto, ses ferrailles éparses soufflées par l'explosion autour de la crête noircie de la dernière colline. Les ski-doo avaient remonté la pente douce pour la rejoindre.

Ils étaient vite arrivés au sommet. Le sonique venu de Nuuk était posé sur le flanc opposé de la combe, pas très loin de l'empilement de pierres évoquant une silhouette humaine grandeur nature : le grand inuksuk qui donnait son nom à la combe.

Sur le ski-doo de tête, Taamusi Qumaq avait eu un geste de la main. Les trois machines s'étaient arrêtées en ligne au sommet de la colline, sur la glace vive, au milieu de l'endroit dévasté où la couche de neige avait fondu, découvrant le glacier. Avec des gestes lents, ils avaient coupé les vieux moteurs thermiques, étaient descendus de leurs machines.

Debout sur la crête, les cinq hommes se découpaient sur le ciel pâle. Un souffle de vent agitait les pans de leurs manteaux de fourrure. Immobiles, ils avaient scruté le campement où s'activaient plusieurs silhouettes.

Sans rien se dire, trois d'entre eux avaient fait un pas en arrière, saisi leurs carabines. Ils ne connaissaient pas ce sonique.

Au bout d'un moment, dans le fond de la combe, une des silhouettes avait levé la tête dans leur direction, les avait repérés et désignés du doigt.

C'était une femme, une carabine accrochée à son épaule, qu'elle ne mit pas en joue. Elle prévenait simplement ses compagnons. Une des autres silhouettes se leva alors vivement, leur adressant de grands signes de la main. Ils reconnurent Kisimii, ses postures familières. Une couverture brune jetée sur les épaules, elle semblait faire bon commerce avec les inconnus. Ils se détendirent. Ce n'étaient pas des ennemis.

Ils poussèrent leurs engins et se laissèrent glisser silencieusement dans la pente sans mettre les moteurs en route.

*

Les nouveaux arrivés dans la combe étaient des taciturnes.

Il n'y avait guère que Taamusi Qumaq pour parler avec les gens de Nuuk arrivés en sonique. Les autres avaient simplement embrassé Kisimii en frottant leurs visages contre son visage, puis ils s'étaient tenus en retrait.

Ils avaient allumé un modeste feu de tourbe, mis de l'eau à bouillir dans une petite casserole. Puis, tirant de leurs besaces des morceaux de viande et de poisson séchés, ils avaient commencé à manger en silence, assis sur leurs talons autour des maigres flammes. Ils n'avaient rien avalé depuis la veille.

Les deux femmes des brigades volontaires les avaient rejoints. Après avoir laissé leurs vieilles carabines appuyées au ski-doo le plus proche, elles s'étaient accroupies auprès d'eux sans rien dire. Elles reçurent aussitôt des morceaux de nourriture, offrirent des cigarettes tirées de paquets fripés, et tous burent du thé brûlant dans des quarts de fer-blanc cabossés circulant de main en main. Après ça, il y eut des mimiques, des petits rires qui perçaient le silence, quelques signes, mais guère de paroles. Un mot par-ci par-là, une courte phrase, juste le nécessaire.

À quelques mètres de là, Taamusi Qumaq parlait peu, lui aussi, et écoutait beaucoup.

Les effusions des retrouvailles avec Kisimiipunga avaient été brèves. Ils s'étaient embrassés, serrés un moment dans les bras l'un de l'autre en marmonnant les phrases rituelles.

Ensuite, elle l'avait mis au courant de la situation, autant qu'il était possible en quelques phrases.

Le visage du vieux s'était fermé lorsqu'elle avait parlé de Knud, d'une voix chargée de confiance :

— Il est vivant, parrain. Nanseng fait tout ce qui est possible. Ils ont déjà dû arriver à l'hôpital national. Fais comme moi. Aie confiance. Je sais que ça l'aide. Et puis, je vais le rejoindre à Nuuk, avec le sonique. Je brûle d'impatience de le rejoindre. Tu sais à quel point il compte pour moi… Tu pourras venir toi aussi, si tu veux, il y a assez de place. On va le voir ! Ça va aller, j'en suis sûre. Tout est prêt à l'hôpital de Nuuk, Sakkarah a fait le nécessaire.

Ce Sakkarah, il le connaissait. Ils avaient mangé ensemble à plusieurs reprises quand il venait rendre visite à Kisimii au labo de Qeqertaq. Il l'appréciait. Mais, comme il était difficile de cacher quelque chose à Taamusi, celui-ci savait depuis le début que cet homme de Nuuk avait un secret.

Maintenant que Kisimii lui avait résumé l'histoire, il comprenait pourquoi, lors de ces rencontres, il n'avait pas pu tout dire.

Cette Esquive qui revenait sans cesse dans la bouche de Kisimii depuis le début de la conversation, c'était la première fois qu'il en entendait parler. Mais il en avait tout de suite saisi l'esprit, car cette réponse à la domination des puissants du monde s'inscrivait parfaitement dans l'esprit de la culture inuite. Il trouvait l'idée très belle, très juste, en accord avec les valeurs venues des ancêtres. Et Kisimii surprit une lueur d'admiration dans son regard lorsqu'il comprit le rôle décisif qu'elle avait joué sans le savoir dans cette aventure.

Ensuite, la jeune Inuite et son parrain s'étaient rapprochés de Sakkarah et du Gitan en grande discussion entre le vieux sonique et le cercle des autres qui discutaient autour du petit feu de tourbe. Le médecin de Nuuk qui réduisait les fractures de Manuel avec des gestes sûrs mêlait parfois une brève remarque à leur conversation.

Le vieil homme n'intervint pas tant qu'il ne fut pas sûr d'avoir une idée claire de ce qu'ils disaient.

Parfois, Kisimii se penchait à son oreille, éclairait une réplique importante de quelques commentaires. Taamusi cernait peu à peu combien le prochain Sommet mondial allait être une étape décisive dans l'histoire des Nations Premières. Il mesurait l'ampleur des conséquences de l'Esquive.

# Chapitre XXXIII

*Mai 2089*

*Kalaallit Nunaat*
*Secteur de la Combe de l'Inuksuk*

— Et ce furtif du G30, où il est passé ?

Comme la discussion est grave, c'est un ton solennel qui vient naturellement à Taamusi Qumaq pour poser sa question. Le même ton qu'il utilise lors des Conseils de Village. Sa voix est profonde, elle vibre dans sa poitrine, porte les mots avec une force tranquille.

— Le furtif est dans le Vallon du Bœuf musqué, là-bas, derrière, à un kilomètre environ, répondit Kisimii en désignant la direction d'un vague geste du bras. Les filles des brigades sont allées voir là-bas. C'est à vingt minutes de raquettes. L'appareil est vide, complètement désert.

— Vide ? Les gens, où sont-ils passés ?

Comme Diaz connaît parfaitement les armes embarquées dans le furtif, c'est lui qui répond :

— Un blopper tactique centré sur l'appareil. Avec un sinus bloqué sur un rayon très faible, puisque nous sommes encore là. C'est la seule explication.

Sakkarah manipule le cylindre qu'il vient de sortir de sa poche pour que chacun puisse se rendre compte par lui-même. Le cube virtuel des images de l'holøfilm que les deux femmes brigadistes ont captées dans le furtif se met à flotter au milieu du cercle qu'ils forment.

Sur l'hologramme, l'appareil est en suspension à un mètre au-dessus de la neige immaculée. Ses moteurs tournent lentement, en sourdine. Sur l'image qui flotte dans les airs, on voit que les filles montent dans le sonique. À l'intérieur, toutes les machines fonctionnent sur les automatismes des derniers réglages. Personne à bord. Tous les sièges sont vides. Les ceintures de sécurité sont encore bouclées comme elles l'étaient au moment où tous ces corps ont été vaporisés.

— Qui les a bloppés ? demande le vieux sage.

— Hum…, hésite Manuel. On dirait que le blopp a été déclenché depuis le vaisseau lui-même. C'est difficile à croire, mais ils ont été vaporisés par une de leurs propres armes… Regardez, il manque un blopp dans leurs réserves, et les logs des automatismes indiquent même le moment du déclenchement…

Au fur et à mesure qu'il parle, il montre les endroits où il lit ces informations sur l'écran de contrôle général.

— Et ils étaient tous à l'intérieur du vaisseau quand ils ont été vaporisés. Toutes les annexes sont encore dans la soute, sauf celle que Kisimii a détruite. Aucune trace de pas autour de l'appareil. Ils n'ont pas pu s'en aller.

— Les filles ont réussi à dégotter la boîte noire du furtif, lance Kisimii en désignant les deux femmes mêlées aux hommes près du feu. Et Manuel a pu enregistrer les informations qu'elle contient sur un cylindre. Les données du vol, les conversations de l'équipage, ce genre de choses. On a toutes les preuves de ce qu'ils étaient venus faire !

Taamusi est perplexe. Depuis le début, une impression le chiffonne. L'atmosphère est légère dans le campement. Il y sent bien planer les restes d'une tension très vive, mais ce ne sont que des restes, comme si les occupants du sonique avaient emporté le danger avec eux dans le néant dans lequel ils se sont évanouis en une fraction de seconde.

Soudain, une idée s'impose, il comprend pourquoi cette impression de paix le dérange. Il a mis le doigt sur ce qui le chiffonne.

— Ils vont envoyer un autre bâtiment ! lance-t-il avec une précipitation inhabituelle. Ils ne peuvent pas laisser…

Autour de lui, les autres secouent la tête, rassurants, suspendant la phrase qui meurt sur ses lèvres.

— Non, parrain, c'est plus possible, répond Kisimii. Nous, on a dû rester là avec le sonique le temps de faire les soins d'urgence à Manu, et il y a toujours ce fichu champ de brouillage qui nous coupe du monde parce qu'on ne sait pas comment le désactiver sur les commandes de leur machine déserte. Mais le radio de notre sonique est parti en ski-doo, en emportant avec lui un émetteur mobile et les enregistrements des images et des données de la boîte noire. Ils ne peuvent plus rien faire.

Sakkarah ne comprend pas tout de suite. Le Gitan lui désigne sa montre.

— À cette heure, le radio est sorti du champ de brouillage. Il a envoyé sur les ondes toutes les images du furtif en rade, du Voloto pulvérisé, et toutes les données de la boîte noire que les filles ont trouvée.

» C'est déjà dans les airs, c'est arrivé à Nuuk, à tous les peuples des Nations Premières. À toute la Terre…

— Tout ça va bien entendu tomber dans les mailles du filet de surveillance du G30, mais ils sont coincés, parrain ! Toutes les données de l'opération sont sur la place publique, à cette heure. Et elles vont intéresser du monde. Il n'y aura pas d'expédition de la dernière chance !

La tension de Taamusi se relâche. Il comprend mieux la légèreté qui flotte sur le campement, l'humeur badine des deux brigadistes qui devisent tranquillement avec les hommes autour du feu de tourbe, les visages détendus. La victoire est totale.

La voix du médecin lance gaiement :

— Et voilà ! Ça y est, j'ai fini… Les attelles sont posées. Le blessé peut être transporté vers un bloc opératoire.

Enfin ! Le cœur de Kisimii bondit dans sa poitrine. Ils vont pouvoir décoller pour Nuuk. Elle va pouvoir se rapprocher de Knud ! Le voir, toucher son visage, le serrer dans ses bras…

Les deux filles des brigades volontaires ne cachent pas leur joie, elles non plus. Elles ne vont pas devoir rester seules sur la zone à surveiller l'appareil stationnaire. Les quatre hommes de Qeqertaq vont rester avec elles, jusqu'à la relève.

Par la suite, après le Sommet mondial, ce bâtiment sera peut-être laissé sur place, comme un symbole, entretenu telle une espèce de totem à la mémoire de cet épisode qui restera gravé dans les mémoires comme dans l'Histoire.

Des bouteilles de bière sont apparues comme par miracle autour du feu de tourbe. De la Tubørg. Des bouteilles à la forme singulière, qui rappelle celle des avions de ligne stratosphériques. En réalité, ces bouteilles existaient bien avant ces engins volants que les Inuits ont immédiatement appelés Tubørg, à cause de la ressemblance. Après l'indépendance, les Danois avaient laissé derrière eux une petite chaîne de production de cette marque. Et elle tourne encore. Quelques jours par an, le temps de fabriquer la quantité dont les Inuits auront besoin au cours de l'année suivante. Pourquoi la faire tourner davantage ?

C'est Kisimii qui explique tout ça à Manuel… Toute une éducation à faire. Il va rester à Kalaallit Nunaat maintenant. Il faut qu'il apprenne à vivre avec des valeurs nouvelles.

Autour du feu, les gars et les filles sont partis pour faire la fête. Les bouteilles de bière circulent de main en main. Médecin, infirmière, pilote, Kisimii et les autres, chacun la sienne. Tout le monde trinque. Des rires éclatent. Les gestes sont lâches, les visages ouverts.

Kisimii bout d'impatience, elle aimerait bien que ce moment ne s'éternise pas trop, que l'équipage réintègre rapidement son poste et fasse enfin décoller le vieux sonique qui la rapprochera de son fiancé. Maintenant que l'affaire est réglée, que le Gitan français a reçu les soins nécessaires, elle n'a qu'une idée en tête. Retrouver Knud. Elle ne parvient à penser à rien d'autre.

Pourtant, l'équipage semble avoir du mal à quitter cette ambiance joyeuse.

Les deux vieux se sont rapprochés l'un de l'autre, magnétisme de la vieillesse. Assis sur des caisses marquées d'une croix rouge, ils discutent à voix basse, hochant souvent la tête. Taamusi Qumaq parle bas, sur un ton monocorde où parfois une voyelle monte en chandelle. Le ton qui sert à raconter les histoires du passé, l'histoire des lignées, la bravoure des ancêtres, le soir dans les bicoques ; le ton monocorde qui perpétue depuis des siècles la mémoire des Inuits de Kalaallit Nunaat.

— … Beaucoup de grandes chasseuses, du côté de sa mère. Des femmes dont le village gardera longtemps la mémoire. Du côté de son père, c'est plutôt des chamanes qui…

Sakkarah écoute d'une oreille distraite, hochant régulièrement la tête. La moindre des politesses. Il voudrait décoller sans tarder, lui aussi, rentrer à Nuuk. Mais tout le monde s'amuse, et il n'a pas le cœur d'interrompre la fête tout de suite, car il sait bien que chacun a besoin de décompresser un brin après la tension des dernières heures. Taamusi lui parle, une fierté de père teinte ses paroles quand il évoque sa filleule Kisimii. Ce n'est pas le moment de l'interrompre.

Un temps pour chaque chose.

— D'ailleurs, c'est une excellente chasseuse, comme sa mère… et elle ferait une chamane formidable, si elle voulait. La science des chercheurs et celle des chamanes ne sont pas si éloignées, peut-être. En tout cas, c'est toujours de la connaissance. Et Kisimii tient beaucoup de son père chamane. J'en suis sûr. Ses intuitions sont fulgurantes. Je sais aussi que c'est pour ça que c'est une grande chercheuse !

» Parce que c'est aussi une grande chercheuse, n'est-ce pas, Sakk… ?

— Ça suffit, parrain, arrête tes sornettes ! coupe Kisimii en riant. Les êtres humains ont des intuitions… La belle découverte ! Ce serait pas toi, le chamane, pour dégotter des vérités aussi foudroyantes !

Rires. La voilà, l'occasion d'interrompre la conversation qu'attendait Sakkarah.

Un temps pour chaque chose.

# Chapitre XXXIV

*Mai 2089*

*Kalaallit Nunaat*
*Secteur de la Combe de l'Inuksuk*

— Allez ! On embarque. Direction la capitale ! lance Sakkarah sur un ton décidé.

Le petit groupe s'active aux préparatifs. Sanglé sur sa civière posée sur deux caisses marquées d'une croix rouge pour rendre plus commode le travail du médecin, le Gitan ne peut pas faire grand-chose. Il regarde Kisimii. Ce qu'elle est belle ! Fouillant dans son sac de cuir pour trier les affaires qu'elle va emporter à Nuuk et celles qu'elle laisse sur place et que ses amis ramèneront au village le moment venu, ses mouvements brassent une grâce singulière, une espèce de gaucherie miraculeuse qui n'appartient qu'à elle. Il laisse son regard flotter sur la fille, se délecte de son charme inexplicable. Les paroles de son parrain flottent encore dans sa tête. Il repense à ce moment bizarre où elle a été si distante, partie si loin dans sa tête, juste avant que les loups ne surgissent. Cette force qui émanait d'elle. Son esprit mélange tout ça. Cette histoire de lignée de chamanes. La façon qu'elle a eu de s'en défendre, de tourner ça à la rigolade. Il réfléchit, il soupèse. Il rêvasse. Elle a raison. Des intuitions, tout le monde en a. Parfois même des formidables. Lui-même, n'est-ce pas une intuition qui lui a fait abandonner l'enquête, rejoindre l'Esquive ? Au début, il aurait eu du mal à l'expliquer de manière rationnelle. Parfois, l'esprit connaît les choses bien avant que la raison les saisisse. Le regard du Gitan ne peut se détacher de la jeune Inuite. Elle le fascine.

Mais… qu'est-ce qui lui arrive ? Que fait-elle ?

D'un seul coup, Kisimii s'est redressée, inquiète. Elle a vu quelque chose.

C'est un scintillement sur la neige qui l'a fait sursauter. Au loin. Dans la neige de la colline. Un rayon de soleil qui ricoche sur un débris de ferraille, peut-être. Elle regarde mieux. Non, ce n'est pas ça. Elle le sent. Dans les plis de sa pelisse, sa main a trouvé ses jumelles. Elle les braque sur l'horizon. C'était où, déjà, cette lumière ? Elle cherche.

Là ! Ça recommence. Un éclat plus timide. Elle fait le point dans les jumelles. Il y a une femme en combinaison blanche, au loin, allongée dans la neige. Le scintillement, c'est le soleil qui ricoche sur sa lunette. La lunette de sa carabine. Ça s'emballe dans la tête de Kisimii. D'un seul coup, tout va très vite. La carabine est braquée vers le fond du vallon, c'est droit sur eux qu'elle pointe.

Un cri fuse de la gorge de Kisimii, pour prévenir les autres. Tout en criant, elle comprend que c'est Manuel qui est visé. Bien sûr, Manuel… C'est lui qui sait des choses qui peuvent aider l'Esquive. C'est lui que le furtif venait chercher. C'est lui que la femme veut atteindre. Son cri n'a pas fini de sortir de sa bouche que toutes ces idées ont déjà défilé.

Dans le campement, tous les regards ont sauté sur elle. La surprise a figé les gestes. Qu'est-ce qu'il se passe ? Ils ne comprennent pas. Personne d'autre n'a rien vu.

C'est à ce moment que Kisimii voit la langue de flamme orange qui tranche sur le blanc de la neige. Elle la voit distinctement dans les jumelles, malgré la distance.

Immédiatement, elle donne un coup de reins, elle s'élance, s'envole.

Le Gitan la voit sauter vers lui. Il ne comprend pas ce qui arrive, ce qu'elle veut faire.

Le vol plané se déroule au ralenti dans la tête de Kisimii. Ses yeux sont sur le Gitan. Il n'a pas encore reçu la balle. Faire tomber la civière, c'est ce qu'elle veut faire, empêcher la balle de l'atteindre. Il est précieux pour l'Esquive. Faut pas qu'il meure. Ses pensées défilent. J'ai le temps. Cinq cents mètres environ : presque une seconde pour que la balle arrive. C'est interminable une seconde, elle le sait maintenant.

Voilà, Kisimii est sur lui. Elle va réussir, c'est l'idée qui la traverse. Son corps percute la civière qui bascule des deux caisses sur lesquelles elle tenait en équilibre. Manu valdingue. Puis lâche un cri de douleur terrible quand sa jambe cassée heurte le sol gelé.

Le temps va reprendre sa texture ordinaire. Kisimii a encore le temps de se demander où la balle a bien pu se ficher lorsque, soudain, une lance de feu lui transperce la poitrine. Un manège dans sa tête.

D'autres idées qui se mélangent. Je suis touchée. C'est moi qui ai pris la balle. Dans la poitrine. Merde. C'est grave, la poitrine. Ça a traversé, j'ai mal d'un côté jusqu'à l'autre. La balle m'a traversée. Je vais pas mourir quand même. Pas déjà. Putain que ça fait mal ! Elle tire bien, cette conne.

Kisimii roule dans la neige. Elle ne voit pas la traînée sanglante qui suit sa roulade, le sang qui gicle loin depuis sa poitrine. Chaque battement de son cœur propulse un jet sanglant qui bouillonne. Elle s'immobilise. Immédiatement, une grosse flaque rouge mange la neige tout autour d'elle. Ses pensées vacillent. Le froid contre sa joue. La neige. Ses yeux s'ouvrent. Elle voit Manu. Il n'a rien, elle pense. C'est pour sa jambe qu'il crie de douleur. Il est sauvé, c'est bon pour l'Esquive. La balle m'a traversée, mais elle l'a pas touché. La neige glacée contre ma joue. Ça bouge autour de moi. Des pieds, des jambes qui vacillent. J'ai froid. Putain, qu'est-ce que j'ai froid !

Un grand froid qui la glace. Une brume danse devant ses yeux. Elle ne voit plus rien. Elle entend encore, de manière confuse. Une série de coups de feu éclate dans sa tête. Elle pense au ralenti, maintenant. Les coups de feu, c'est pas dans sa tête. C'est les gars du village et les deux filles des brigades. Ils ont vu la tireuse. Une brûlure dans toute la poitrine. Elle voudrait amener sa main sur sa blessure. Ça lui ferait du bien peut-être. Mais elle n'y arrive pas. Elle est où, sa main ? Elle se concentre. Là… Elle la sent maintenant. Elle est sous elle. C'est bien ça ? Oui, elle ne se trompe pas. Elle sent le manche de son ulu contre sa paume. Des images défilent. Les forces refluent de son corps, de son âme. Les coups de feu s'arrêtent. Ils l'ont touchée, elle pense. S'ils arrêtent de tirer, c'est qu'ils l'ont touchée. Et il n'y a pas eu de cri autour d'elle. Elle n'a touché personne d'autre. C'est fini. Quelqu'un se penche sur elle. Elle ne sait pas qui. Elle ne voit plus rien. Elle n'a plus de force. Un souffle vide sa poitrine. C'est ça, mourir ? se dit-elle. Sa dernière pensée est pour Knud. Une dernière image, son fiancé qui rit, debout sur sa barge étincelante, qui lui fait de grands signes joyeux. Une larme à ses paupières. Puis l'image s'assombrit très vite. Maintenant, c'est tout noir dans sa tête.

Dans sa poche, sa main qui s'était crispée sur le bois de renne se relâche lentement.

Son corps inerte gît dans la neige rouge. De la poitrine transpercée, le sang nc gicle plus à chaque battement. Seul un mince filet rouge vif se perd dans la fourrure de loup.

## Chapitre XXXV

*Juin 2089*

*Zone sécurisée de Montpellier*
*Centre-ville – rue Foch*
*Cabinet de soutien psychologique*
*des forces de la Sécurité nationale*

Le psychologue sourit. Il regarde la petite fille.

Toute la séance sans en décrocher une, et c'est maintenant qu'elle se décide. Quand c'est presque fini. C'est bien sa veine. Et maintenant, en veux-tu, en voilà, y en a de la matière.

On l'arrêterait plus, ça va déborder sur l'heure :

— Une fois, ma maman elle était partie pendant très longtemps. Quand j'étais petite… Elle m'avait manqué beaucoup déjà, je me rappelle. Mais cette fois, c'est pire. Elle reviendra plus jamais. Parce qu'elle est morte.

« Merde, merde, merde…, pense le psychologue. Elle est dedans, là, elle sort des choses super intéressantes.

Et va falloir qu'on arrête. On a déjà largement dépassé l'heure. Bon, allez, je prends cinq minutes. C'est important pour elle, c'est bien qu'elle verbalise. »

— Bon, l'autre fois, quand elle était revenue, maman, elle était pas en forme. Des fois elle pleurait, même si y avait rien de triste. Si je lui parlais de quand j'étais petite par exemple. Et une fois aussi quand je voulais mettre mes affaires de bébé à ma poupée Marie. Elle a pas voulu que je m'amuse, et elle s'est mise à pleurer. Elle a remis mes affaires de bébé dans le tiroir de la commode avec des gestes énervés et des grosses larmes. Pourtant, c'était pas triste, ça. Elle était très contente, Marie, c'était juste la bonne taille. Elle était toute drôle, maman. Et puis c'est passé, et elle est redevenue normale. Enfin, presque normale. Juste, je lui parlais plus de quand j'étais petite, parce que ça la rendait trop triste.

» Ce qu'il y avait de bien, c'est qu'elle travaillait plus jamais, maman. À cause de son accident dans sa tête qu'elle avait eu à son travail. C'est pour ça qu'il fallait qu'elle se repose tout le temps, presque, sauf les fois où elle allait à la salle de gymnastique. Heureusement, c'était juste à l'intérieur de sa tête l'accident. Je comprenais pas bien comment c'était possible. Dehors, elle était toujours aussi belle. Elle avait aucune cicatrice, j'ai bien regardé à la plage. Elle allait bien. Elle restait à la maison tout le temps sinon, à part la gymnastique. Qu'est-ce que c'était chouette !... Elle m'amenait promener à la source de l'Avy, pas tous les jours, bien sûr, mais presque souvent quand même. Et à la mer aussi, des fois. On marchait sur le sable. À chaque fois, j'enlevais le sable tout bien partout. Même entre les orteils et derrière le petit riquiqui.

Et le soir, y en avait quand même qui restait au fond de la baignoire. Et puis un jour, elle m'a dit qu'elle allait repartir travailler encore. Elle m'avait bien dit que c'était fini tout ça et à papa aussi elle l'avait dit, mais elle est partie quand même. C'est là qu'elle est morte.

Le psychologue est contrarié. Maintenant, il va vraiment falloir qu'il l'interrompe. Quelle poisse !

— Un soir, j'ai fait un drôle de rêve, commence la petite fille.

Aussitôt, il raccroche. Il ne peut pas l'arrêter juste quand elle commence *spontanément* à raconter un rêve. Il sourit. Un regard l'encourage. Il faut qu'elle ait confiance.

— Je rêvais que j'étais dans ma chambre. C'était la nuit et je dormais dans mon rêve. C'était au début qu'elle était revenue, maman, quand elle était toute drôle. Dans le rêve, à un moment, j'ai entendu crier. C'était maman qui criait. Elle pleurait aussi. Je pouvais pas la voir, dans mon rêve, mais elle avait la voix comme quand on pleure dans les films et que les gens parlent quand même. Et elle faisait rien qu'à dire n'importe quoi. « *C'est terrible de plus se souvenir de sa fille. Comme si c'était une étrangère, c'est horrible...* », elle disait, maman, dans mon rêve. C'était vraiment n'importe quoi. Bien sûr que je suis sa fille. Elle le sait bien quand même. Enfin, elle le savait jusqu'à avant qu'elle est morte. Je sais bien que c'était un mauvais rêve. Mais j'étais triste quand même. Je pleurais dans mon rêve.

» Je veux plus jamais faire ce rêve.

— Tu les racontes très bien, tes rêves… C'est bien, ça. Même si c'est des rêves tristes comme celui-là.

Tu es une grande fille. La prochaine fois, je voudrais bien que tu m'en parles encore, de tes rêves.

— La prochaine fois ? C'est fini ?

— Oui, maintenant, c'est la fin de la séance.

— Pourquoi c'est fini ?

— Tu voudrais que ça continue encore ?

— Non, je voudrais pas que ça continue. Je voudrais juste savoir comment on sait quand c'est fini, la séance.

— On sait que c'est fini parce qu'on a déjà dépassé l'heure, et il y a un autre petit garçon ou une autre petite fille qui attend, dans le salon d'attente.

— C'est aussi un petit garçon ou une petite fille que sa maman elle est morte militaire qui attend dans le salon avec les livres ?

— Pas forcément, non. Des fois, ils viennent pour autre chose.

— Et c'est plus grave quand la maman elle est morte ? Ou quand c'est pour autre chose, et qu'elle est pas morte ?

Le psychologue soupire.

— Ton papa, il est vivant, lui. Il t'attend dans le salon d'attente… Avec l'autre petite fille !

Aussitôt, elle saute de la chaise trop haute pour elle, court vers le salon d'attente.

Ça marche à tous les coups.

— Et n'oublie pas, hein ! La semaine prochaine, tu me parleras encore de tes rêves… Je suis sûr que tu en as plein d'autres !

# Chapitre XXXVI

*Août 2089*

*Kalaallit Nunaat*
*Nuuk*

C'est Nuuk au loin, là-bas. Taamusi Qumaq n'y est venu qu'une fois, mais il ne peut pas se tromper. Le petit port blotti dans une échancrure de fjord, les collines verdoyantes où affleure la roche grise, les maisons de bois peintes de couleurs vives. Là-bas, au fond de la ville, il reconnaît le marché de Braedet, qui l'avait tellement impressionné par sa taille. Aussi grand que tout son village, sans doute davantage. Des étals surchargés de quartiers de caribou, de viande de phoque, de mattak, de couenne de baleine, de saumons, de flétans. Des étals surchargés qui dessinent un réseau de ruelles si vaste qu'il aurait pu s'y perdre.

Dans l'hélikø, Taamusi laisse son esprit flotter sur ces choses légères. Il ne veut pas penser au moment qui vient, ce mélange de joie et d'angoisse qu'il ne sait démêler et qui lui noue le ventre, le met au bord des larmes. Lui, le vieux sage, qui en a vu tant d'autres.

Le petit héliport. Les pistes de ciment clair alignées comme un jeu de marelle. Un taxi doit l'attendre. L'hôpital national n'est qu'à quelques minutes. Il aurait pu faire le trajet de l'aérodrome civil à l'hôpital à pied, il a l'habitude. Mais ses jambes flageolent. Il ne s'en sent pas la force. Il n'a pas refusé quand Sakkarah lui a proposé qu'on le transporte.

L'hélikø tangue, une vraie balançoire. Il descend vers les pistes. Taamusi frissonne. Il va voir Kisimiipunga. Son cœur bat la chamade. Soixante-dix-huit jours, il les a comptés un à un. Et puis hier soir, cet appel de Sakkarah. Dès qu'il a décroché, il a su. Kisimii revenait à elle. Oh, ce n'était pas une surprise. Depuis quelques jours, il y avait des signes de plus en plus favorables. Maintenant, c'est sûr, Sakkarah a été formel, ce n'est plus du « peut-être ».

Pourtant, dans sa joie qui déborde, il appréhende. Comment va-t-elle prendre la nouvelle qu'il lui apporte ? Mais il n'a pas le choix, c'est à lui de lui dire. Qui d'autre ? Certainement pas une infirmière. Il a donné des consignes. Il veut que ce soit lui.

L'hélikø se pose, fini la balançoire. Le taxi, une Voloto bien moderne pour un si vieux bonhomme, c'est ce qu'il pense en posant ses fesses sur la banquette. L'auto se met en route. De l'autre côté de la vitre, les choses n'ont pas de consistance. Il roulerait dans un décor de carton-pâte, ce serait la même chose.

L'hôpital. Un édifice qui lui en impose, de plusieurs étages, rien à voir avec son village. Le taxi s'arrête au pied de la rampe de pierres claires qui mène aux larges portes de verre blanc.

Une infirmière l'accueille, souriante. Les longs couloirs, les enfilades de portes closes peintes de couleurs douces, surmontées de petites veilleuses. Une rouge, une blanche. Ils marchent dans le silence. Il se reconnaît entre mille, ce silence. Il l'avait oublié. Plus de deux mois. Le bruit de leurs pas s'étouffe sur le sol souple.

L'infirmière s'arrête, lui sourit, lui ouvre une porte. Il s'avance, fait un pas dans la chambre. Puis il s'arrête. L'infirmière se retire. La porte se referme.

Kisimiipunga. Elle est là, sur le lit, entourée de machines. Il la voit. Elle dort ? Non, elle incline la tête. Elle le voit. Ils se regardent.

Quelque chose se noue dans son ventre, remonte dans sa poitrine, l'attrape à la gorge. Il ne bouge pas, il reste là, planté dans la lumière du matin qui rentre par la fenêtre. Elle est vivante, elle le regarde. Puis le visage de Kisimii se brouille.

Il s'approche, des larmes plein les yeux. Il la prend dans ses bras.

— Parrain…

— C'est fini, Kisimii, tout va bien maintenant. Tu vas guérir très vite. Tu es sortie d'affaire.

Il ne sait pas quoi dire. Les mots sont piégés. Il les manipule comme des bâtons de dynamite.

— L'infirmière m'a dit…, lâche-t-elle.

Son cœur tape un coup sourd dans sa poitrine. Il scrute son visage : non, ce n'est pas ça, ce n'est pas de ça qu'elle parle.

— Plus de deux mois… J'arrive pas à le croire.

Ah, voilà ce que lui a dit l'infirmière…

Il ne sait pas si ça le soulage.

— Oui, soixante-dix-huit jours… C'était long, tu reviens de loin.

Taamusi Qumaq se tient tout près du lit, figé dans sa posture, les mains encombrantes. Le naturel se refuse. Les mots l'effraient. Le silence encore davantage, à cause du relief que prendront les mots qui suivront le silence.

Elle n'a pas à chercher bien loin pour comprendre. Un souffle sort de sa bouche.

— Knud…

Il n'y a pas d'interrogation dans ce mot qu'elle prononce, c'est déjà une réponse. Sa poitrine se serre. Des larmes montent à ses paupières.

Taamusi hoche lentement sa tête qui tourne.

— Il est parti.

C'est elle qui a dit ça. Faut juste qu'il confirme. Il la regarde un temps, puis baisse les paupières dans un seul hochement : oui, il est parti. Elle ferme les yeux, des larmes sur ses joues. Sa main repose sur le drap blanc. Il la saisit. La serre. Ses yeux se promènent sur le visage pâle, la chevelure noire qui tranche sur le linge blanc.

Les larmes silencieuses roulent dans son cou. Taamusi est perdu. Il faut qu'il l'accompagne. Mais tous les mots qui viennent lui paraissent dérisoires, obscènes peut-être. C'est elle qui a raison. Il n'y a que le silence.

Il effleure sa main, à peine une caresse. Je suis là, c'est ce que ça veut dire. Mais ce n'est pas fini, il y a autre chose. Encore des mots minés qu'il va bien falloir dire, faut bien qu'il s'en débrouille.

Les yeux de Kisimiipunga se sont ouverts. Elle a tourné la tête vers la fenêtre. Les collines verdoyantes, les roches claires, les maisons de bois peint de couleurs vives. Il regarde par la fenêtre lui aussi. Pour regarder la même chose qu'elle. Il ne peut rien dire pour le moment. Respecter son silence, la seule façon d'être avec elle.

Un long temps s'étire, où les minutes ne comptent pas. Il ne voit d'elle que son cou, ses cheveux noirs qui tombent sur son épaule blanche. Puis elle tourne son visage vers lui. Les regards se trouvent. Voilà, c'est le moment.

Maintenant, il y a une place pour les paroles. Il avale sa salive.

— C'était déjà trop tard quand Knud est arrivé à l'hôpital. Nanseng n'a rien pu faire.

Elle l'écoute. Elle veut des mots.

C'est difficile.

— Ils ont tout essayé. Mais c'était impossible. Il y avait une grosse hémorragie dans la tête. Le cerveau était touché, il était en état de mort cérébrale.

Elle le regarde encore, elle n'a pas changé d'expression. Elle écoute encore. Il faut qu'il continue. Elle sait qu'il y a autre chose. Elle le sent dans sa voix.

— Dans le bloc de réanimation de l'hôpital, ils sont arrivés à remettre son cœur en marche. Ils ont branché un respirateur. Mais son cerveau était mort. Il n'y avait rien à faire. Son esprit était parti rejoindre les ancêtres.

Taamusi parle d'une voix basse, monocorde. Il regarde Kisimii dans les yeux. Ce serait plus facile s'il regardait ailleurs, sans doute, mais il veut être avec elle. Se dérober est impossible.

— On est arrivés à l'hôpital quelques heures après lui. Dans le sonique qui nous a ramenés de la Combe de l'Inuksuk, il y avait les bonnes machines, le défibrillateur, un respirateur, de l'oxygène, des poches de plasma à transfuser. Le médecin a fait des miracles. Mais la balle avait fait des ravages.

Dans la tête de Kisimii, quelque chose se dessine. Il lit dans ses yeux. Elle est suspendue à ses lèvres. Il doit dire, poursuivre.

— La balle avait traversé ta poitrine. Tes poumons étaient amochés. Le cœur était touché. C'était pas réparable.

Kisimii a compris. Ses lèvres vibrent. Ses yeux roulent. Elle sait. Mais il doit continuer, dire jusqu'au bout.

Il faut que les choses soient dites.

— Dans ces cas-là, c'est la famille qui décide. Le médecin m'a donné six heures. Il pensait pouvoir te maintenir en vie artificielle pendant six heures, avec les machines. Après, c'était fichu. Je n'ai pas voulu décider seul. Sakkarah a trouvé un sonique, et je suis allé à Qeqertaq. On a réuni le Conseil de Village tout de suite.

Le regard de Taamusi se détourne, saute par la fenêtre. Maintenant, il faut qu'il la laisse. Qu'il laisse ses mots faire leur chemin tout seuls dans sa tête. Son regard ne doit pas peser sur elle. Ses sentiments doivent être libres, sans influence.

— C'était un choix difficile. D'un côté, tout le monde voulait que tu vives. D'un autre côté, personne ne pouvait être sûr que cette décision était bonne. C'était un moment pénible. Puis il a bien fallu choisir.

Pendant que Taamusi parlait, le bras droit de la fille s'est plié lentement, sa main a saisi le drap. Elle le retire, découvre sa poitrine. Une longue cicatrice, bien droite, court entre ses seins. Elle la regarde. Son index s'approche, l'effleure. Taamusi pose doucement sa main sur son épaule, les yeux fixés sur la longue estafilade.

— C'est son cœur qui bat dans ta poitrine. C'est avec ses poumons que tu respires…

Les yeux de Taamusi se ferment. Sa main tannée quitte la peau blanche de la fille, se pose sur le drap blanc. Les mots qu'il vient de dire tournent comme des corbeaux dans le noir de sa tête. Le monde se retire, inaccessible. Il n'existe plus que la respiration de Kisimii qui parvient à ses oreilles. Voilà. Il lui a dit. Il attend.

Depuis deux mois, il craint que cette idée ne lui soit insupportable.

Le long silence noir s'étire. Puis Taamusi sent quelque chose qui effleure sa main posée sur le drap blanc. Sa main à elle. Elle la pose sur la sienne. Dans la vieille poitrine, le vieux cœur s'emballe.

— Vous avez bien fait, parrain. Merci d'avoir eu ce courage.

Il ouvre les yeux. Elle a tourné à nouveau son visage vers la fenêtre. Sa main reste posée sur la sienne. Un silence, encore. Elle pense. Au bout d'un long moment, sa poitrine se soulève, un frémissement traverse sa main.

— Au Conseil de Village, vous avez parlé de ma Première Chasse ?

Taamusi est désarçonné. Son regard se pose sur son cou. Il ne comprend pas. Elle se retourne, le regarde. Les larmes ont séché sur ses joues.

— Le Conseil doit valider une Première Chasse avant la fin de la lune pour qu'elle soit valable. Il l'a fait pour la mienne ?

C'est la coutume, c'est vrai. Mais comment peut-elle se soucier de cela maintenant ? Il répond mécaniquement, sans comprendre.

— Oui. Nous avons respecté la coutume. Tu n'étais pas là, mais nous avons pensé à toi tous ensemble. Ensuite, nous avons examiné tous les aspects de ta Chasse. Et elle a été déclarée valable. À l'unanimité des membres du Conseil de Village.

— Alors, je dois choisir mon nom d'adulte.

— Ça aussi, c'est la coutume. Tu as gagné ce droit. Tu peux changer de nom, ou bien garder le même.

Sa main quitte celle du vieil homme. Elle souffle :

— Kisi. Je veux qu'on m'appelle Kisi, désormais. Le nom que ma mère a choisi pour moi à ma naissance.

Sa main s'est posée sur sa peau blanche, un doigt suit la longue cicatrice qui court entre ses seins. Puis sa main se serre contre sa poitrine.

— Kisi, ça suffit maintenant. Je ne serai plus jamais seule.

La photocomposition de cet ouvrage
a été réalisée par
GRAPHIC HAINAUT
30, rue Pierre Mathieu
59410 Anzin

Imprimé en Espagne par
Liberdúplex
à Sant Llorenç d'Hortons (Barcelone)
en novembre 2020

POCKET - 92, avenue de France - 75013 Paris

S30745/01